몰입할 수밖에 없는
스토리

몰입할 수밖에 없는

스토리

심드렁한 독자라도

에일린 쿡 지음

지여울 옮김

윌북

추천의 글

⚡

이라하
〈정신병동에도 아침이 와요〉 웹툰 작가

정신과 간호사로 일한 날들을 그린 〈정신병동에도 아침이 와요〉 초고에는 환자와 간호사 간의 평화로운 에피소드만이 가득했다. 돌이켜보면 초고가 재미없던 이유는 '갈등'이 없어서였다. 독자의 눈길을 사로잡는 하나의 이야기가 되기 위해서는 반드시 인물 간의 부딪침이 필요한 법이다.

그때 이 책을 알았다면 어땠을까? 에일린 쿡은 초보 작가와 작가 지망생들도 쉽게 이해할 수 있도록 갈등의 종류와 구조를 상세히 알려준다. 외적 갈등과 내적 갈등, 가치관 간의 충돌, 맞서 싸우는 인물과 회피하는 인물 등 이 책에서 알려주는 흥미로운 스토리 설계의 팁, 다양한 문제 상황 종류와 구조에 관한 지식을 하나하나 모으다 보면 어느새 독자의 마음속에 불꽃을 지피는 작가가 되어 있을 것이다.

차례

1부   문제적 스토리의 기초

2부 갈등을 활용한 스토리

동료이자 동지인 크리스털, 도나, 스테파니에게.

우리 사이에는 어떤 갈등도 없기를 바라며!

작가라면 다들 비슷하겠지만 나 또한 책을 처음 접한 것은 독자로서였다. 어릴 때부터 부모님과 일주일에 한 번씩 도서관에 가 책을 한 무더기씩 빌려 읽었다. 그러다 이야기를 지어내는 사람이 따로 있다는 사실을 알게 된 순간, 이것이야말로 내가 하고 싶은 일이라는 사실을 깨달았다. 도서관 서가에서 미래에 내가 쓸(아직 쓰기 시작하지도 않은) 책이 들어가게 될 자리를 손으로 훑어보는 습관이 생긴 것도 그때였다. 나는 몰래 서가에 내 자리를 비워두곤 했다.

그러던 어느 날 여느 때처럼 도서관 서가를 살펴보고 있었는데, 놀랍게도 평소 하던 대로 이미 내 자리가 마련되어 있었다. 누군가 책과 책 사이를 미리 벌려둔 것이다! 궁금해하던 찰나, 어린이 자료실 사서가 다가오더니 속삭이듯 말했다.

"걱정하지 마. 내가 네 자리를 마련해둘게."

그 사서는 작가가 되겠다는 내 꿈을 믿어준 최초의 몇 명 중 하나였다.

작가에게는 자신의 꿈을 믿어주는 사람, 포기하고 싶어질 때 버틸 수 있게 잡아주는 사람이 필요하다. 그렇다. 글 쓰는 일에는 용기가 필요하다. 단어가 도무지 떠오르지 않아도 끈질기게 쓰려 노력하는 용기, 다른 사람에게 보여주고 그들의 의견을 기꺼이 귀담아듣는 용기, 에이전트나 편집자, 아니면 독립 출판을 통해 자신의 이야기를 세상에 내보이는 용기 말이다.

아, 한 가지 나쁜 소식이 있다. 세상에는 작가라는 꿈을 어리석다고 말하는 사람, 용기를 북돋워주기는커녕 굳이 수고를 들이면서까지 기를 꺾으려 드는 사람이 너무도 많다는 것이다. 자기 자신의 꿈을 이루려 노력하기보다 다른 사람의 꿈을 짓밟는 편이 더 쉽기 때문이다.

우리가 '작가들을 위한 창작 아카데미'를 시작한 것도 바로 이런 이유에서다. 우리는 작가가 큰 꿈을 품을 수 있는 곳, 그 꿈을 이루기 위해 필요한 실용적 길잡이를 얻을 수 있는 장소를 마련하고 싶었다. 생각의 결이 비슷한 사람이 모이는 공동체를 만들어 작가에게 힘을 실어주고, 실질적인 도움을 지원하고, 글을 쓰는 여정에서 다음 단계로 나아갈 수 있도록 돕고 싶었다. 도저히 해낼 수 없을 것 같을 때, 귓가에 "너는 할 수 있어!"라고 속삭이는 목소리가 되고 싶었다. 『몰입할 수밖에 없는 스토리』는 이 목표를 이루기 위한 여정의 일부다. 걱정할 것 없다. 서가에는 언제나 당신을 위한 자리가 마련되어 있을 테니.

ᕗ

갈등을 다루기란 쉽지 않다. 우리는 대부분 갈등을 좋아하지 않으며 갈등이 불거질 때마다 그 상황을 피하고 싶어 한다. 물론 갈등을 사랑해 마지않고, 갈등 상황이 화를 분출시킬 기회라 여기는 사람도 있긴 하다(바로 이런 사람들에게 어딘가 놀 공간을 마련해줄 목적으로 SNS가 만들어진 게 아닌가 하는 가능성도 무시할 수 없다). 내가 이 책을 쓴 목적은 작가가 갈등을 제대로 이해하고, 작품을 쓸 때 갈등을 증대시킬 수 있도록 돕기 위해서다. 우리가 좋든 싫든 갈등은 작품에 없어서는 안 될 필수 요소이기 때문이다.

이제부터 나는 이야기에서 갈등이 왜 이토록 중요한지 설명한 다음, 갈등의 여러 유형을 살펴볼 것이다. 그리고 작품에서 이를 증대시킬 수 있는 구체적인 방법들을 알아볼 것이다. 이야기 안에서 갈등이 어떤 역할을 수행하게 만들지는 작가 스스로가 결정할 몫이다. 이제 곧 알게 되겠지만, 나는 어떤 일을 하는 데 옳은 방법이 단 하나밖에 없다고 생각하지 않는다. 그러므로 이 책을 읽어나가는 동안 자신에게 도움이 될 법한 내용을 발견한다면 주저 없이 가져다 사용하기 바란다.

나는 규칙을 좋아하는 사람이다. 해야 할 일 목록 작성하기를 좋아하며, 하나하나 '했음' 표시를 하는 일도 좋아한다. 하지만 놀라지 마시라. 이 책에 규칙 같은 것은 없다. 처음부터 끝까지 차례대로 읽는다는 가정하에 이 책을 쓰긴 했지만, 중간중간 건너뛰며 읽는다 해도 잔소리하지는 않을 것이다(그래도 바로 결말 부분으로 건너뛴다면, 아주 조금은 비판하는 마음을 품을지도 모르겠다. 하지만 그 마음을 입 밖에 내지는 않겠다고 약속한다).

처음 한 번은 쭉 이어 재밌게 읽은 다음, 자기에게 맞는 연습 과제를 골라 그 부분만 다시 펼쳐봐도 좋다. 어떤 사람은 이 책을 분철한 다음, 당장 필요하고 중요한 문제부터 해결하려 들지도 모르겠다. 어떤 연습 과제는 무의미하다 느낄 수도 있으니, 모든 문제를 완수해야 한다는 의무감을 가질 필요는 없다. 다만 한 단계 성장하고 싶다면, 어떤 연습 과제를 건너뛰기 전에 '도대체 왜' 건너뛰고 싶은 마음이 드는지 곰곰이 생각해 보기 바란다.

갈등의 여러 가지 측면을 논의한 다음에는 '내 차례'를 해볼 것이다. 이 부분은 각자의 작품에 적용해볼 수 있는 착상을 모아둔 곳이다. 우리끼리 하는 이야기지만, 이 책의 진정한 가치는 바로 여기에 있다.

엄청난 양의 작법서를 보유한 사람으로서 나는 작법서가 두 가지 목적을 수행한다는 걸 알고 있다. 두 가지 모두 유용한 목적이지만 그중 한 가지가 특히 더 중요하다. 우선 작법서의 첫 번째 목적은 독자에게 어떤 개념을 소개하거나 되새기게 만드는 것이다. 그리고 더 중요한 두 번째 목적은 그 개념을 실행에 옮길 기회를 제공하는 것이다. 우리는 작법서에서 배운 개념을 글에 적용하며 그 개념이 창작 과정과 원고에 어떤 변화를 만들어내는지 발견할 수 있다. 어떤 개념에 대해 생각해보는 것을 넘어, 이를 실천으로 옮길 수 있다면 더더욱 좋을 것이다.

완수할 수 없을 정도로 연습 과제가 많아도 당혹스러워하지 말자! 과제를 하나하나 전부 수행할 필요는 없다. 아마 어떤 과제는 자신과 잘 안 맞는다는 생각이 들 것이다. 그럴 때는 그냥 넘어가도 괜찮다. 과제를 빠짐없이 제대로 했는지 확인해보는 일은 결코 없을 테니.

이 책에서 우리는 힘을 합쳐야만 한다. 내 역할은 여러 가지 다양한 아이디어를 제시하는 것이다. 어떤 아이디어가 와닿는지, 작품과 집필 과정에 의미가 있을지 판단하는 것은 각자의 몫이다. 이 책을 쭉 읽으면서 흥미로워 보이는 부분이 있다면 표시해두기를 권한다. 머릿속에 작은 불꽃이 튀게 하고, '아하!' 하는 감탄사가 절로 나오게 하는 아이디어들이 있을 것이다.

이 책에서 내 목표는 당신의 머릿속에 더 많은 불꽃을 튀게 만들고 더 많은 감탄사를 뱉게 만드는 것이다. '우우' 같은 야유의 감탄사는 제외하고 말이다. 부디 독자 여러분이 이 책을 서가에 오래도록 꽂아두고 작품을 집필하는 동안 몇 번이고 펼쳐보며 새로운 내용을 발견하게 되기를 바란다.

1부

문제적 스토리의 기초

1장

갈등이란 무엇인가

갈등이란 본질적으로 충돌이다. 불화이자 차이이며, 원하는 것을 이루지 못하게 훼방 놓는 사물이나 사람이다. 우리 자신도 갈등이 될 수 있다. 목표를 향해 전속력으로 달려가지 못하게 막는 모든 장애물이 갈등이다. 갈등은 그저 귀찮은 무언가일 수도 있고 적대적인 존재일 수도 있다. 갈등이 불거지는 요인은 환경, 가치관, 차이, 사회 전반의 시스템, 타인 등 다양하다.

　어떤 사람은 갈등에 수반하는 도전을 사랑하는 한편, 갈등이 생길 기미만 보이면 반대편으로 도망치는 사람도 있다. 하지만 어떻게 해도 인생이 갈등으로 가득하다는 사실에서 벗어날 방도는 없다. 그렇기에 갈등이 없는 작품은 실패작일 수밖에 없다. 저작권 에이전트나 편집자의 이야기를 들어보면, 원고에서 부족한 요소 1위는 바로 '충분한 긴장감'이다. 나도 다른 작가를 가르치고 지도하는 과정에서 많은 작가가 긴장감과 갈등 설정을 어려워한다는 사실을 알게 되었다. 이런 사정에는 그럴 만한 이유들이 있다. 그 이유는 후반부에서 좀 더 상세하게 다루도록 하겠다.

독자가 어떤 책을 읽는 중간에 책을 덮어버리고 다시 들춰보지 않는다면, 그 이유는 책에서 무슨 일이 벌어지는지 전혀 신경이 쓰이지 않기 때문이다. 책장 위에 아무런 갈등도 없고 개인적인 감정을 이입할 여지도 없는 것이다. 아무리 흥미로운 인물, 아름다운 배경, 감탄할 만한 문장이 등장한다 해도 여전히 어떠한 감흥도 느껴지지 않는다면 이야기에 사로잡히지 못하는 것이다.

그리고 이 대목쯤 되면 특정 작품을 들고 나오는 사람들이 있다. 아마 순수문학에 속하며 '삶의 단편'이라는 묘사가 가장 잘 어울릴 법한 작품일 것이다. 그들은 이렇게 말할 것이다. "이거 봐! 여기서는 갈등이 그리 많지 않은걸. 어때, 내 말이 맞지?"

하지만 책장 위에 드러나는 갈등이 많지 않은 이런 작품에서조차 어느 정도의 충돌은 존재한다. 한층 상업적인 장르에서 볼 법한 종류의 갈등은 아닐지도 모르지만, 순수문학 작품에서도 여전히 인물을 방해하는 무언가가 등장하기 마련이다.

매번 다른
갈등의 종류

갈등을 창작하는 데 있어 어디에나 두루 끼워 맞출 수 있는 만능 해법 같은 것은 없다. 이 책을 읽으면 알게 되겠지만 갈등은 내적 갈등과 외적 갈등으로 나뉘며, 어떤 종류의 갈등이 한 이야기에 효과를 발휘했다고 해서 마찬가지로 다른 이야기에도 그러리라 기대할 수는 없다.

대립이 등장한다고 그 이야기가 저절로 더 나은 이야기가 되는 것도 아니다. 사람들이 주로 하는 실수는 이야기에 갈등이 충분하지 않다는 말을 듣고는 그 안에 온갖 것들을 쏟아붓는 것이다. 그리고 생각한다. 젠장, 알 게 뭐야. 자동차 타이어를 터뜨리자, 자연재해가 닥치게 하자, 사악한 독재자가 사사로운 감정으로 파멸에 집착하도록 하자. 그러고는 의아해한다. 왜 문제가 해결될 기미가 안 보이지? 결국에는 낭패감에 사로잡혀 두 손 두 발 다 든 채 생각한다. 이야기에 갈등을 잔뜩 집어넣었는데, 도대체 뭐가 문제야?

하지만 갈등이란 '갈등을 넣었는가' 항목에 표시만 하고 넘어갈 수 있는 문제가 아니다. 갈등의 핵심은 인물, 그리고 이야기를 앞으로 이끄는 데 있다. 갈등은 목적을 가지고 존재해야 한다.

갈등은 장르마다 다른 방식으로 사용된다. 액션 장면으로 가득 찬 스릴러 작품에는 거의 매번 물리적 갈등이 등장한다. 총격전, 도시를 가로지르는 추격전 같은 장면이다. 살인을 소재로 한 미스터리 작품에서 갈등은 살해당한 피해자의 숫자로 셀 수 있을 테지만, 로맨스 작품에서 갈등은 누군가가 조금 목소리를 높이는 장면이라든가, 어떤 일을 할지 말지 고민하는 내면의 논쟁 정도가 적합할 것이다.

외부에 초점을 맞춘 갈등을 집필할 때는 내면에서 벌어지는 갈등과는 사뭇 다른 기술이 필요하다. 물론 로맨틱 코미디에도 추격 장면이 등장할 수는 있다. 주인공이라면 사랑하는 상대가 비행기를 타고 떠나버리기 전에 사랑을 고백하기 위해 도시를 가로질러 공항으로 달려가야 하지 않겠는가(도대체 이 사람들은 왜 핸드폰을 이용하지 않는 것일까?).

이야기를 쓸 때는 내적 갈등과 외적 갈등을 균형 있게 사용해야 한다. 주인공을 목표를 이루는 데 방해가 되는 외부 세계의 사건이나 인물과 마주하게 하는 한편, 주인공 내면에서 벌어지는 혼란으로 그 상황을 한층 악화시킬 수도 있다.

작가라면 자기가 쓰는 작품에 어떤 종류의 갈등이 등장하는지, 각기 다른 종류의 갈등이 어떻게 층층이 쌓여 페이지에 모습을 드러내는지 알고 있어야 한다. 기본적으로 인물이 나아가는 길 위에는 무언가가 있어야만 한다. 두 인물의 목표가 충돌해야 하며, 해피 엔딩을 원한다면 극복해야 하는 난관이, 새드 엔딩을 원한다면 끝내 인물을 패배시키고야 마는 난관이 있어야만 한다.

다른 작가들이 자기 작품에서 어떤 식으로 갈등을 사용하는지 살펴보는 것도 좋다. 이야기 안에서 갈등을 분별하고, 갈등의 역할을 파악하는 방법을 익힌다면 원고를 쓰는 데 도움이 될 것이다. 이 작업을 많이 해볼수록 한층 손쉽게 갈등을 찾아낼 수 있고, 그 갈등들이 이야기에 어떤 차이를 만들어내는지 파악할 수 있다.

작품에서 인물을 방해하는 무언가가 나타나는 순간 내가 느끼는 감정이 어떤지 주의 깊게 관찰하고, 그 감정이 어떻게 이야기 안으로 나를 깊이 끌어당기는지 살펴보자. 수많은 작가가 소설에서 장의 마지막 장면을, 드라마에서 중간 광고 직전의 장면을 새로운 골칫거리가 등장하는 것으로 끝내는 데는 다 이유가 있다. 인물이 그 골칫거리를 어떻게 해결하는지 알고 싶은 마음에 우리는 계속해서 책장을 넘기고, 다음 화를 보기 때문이다.

⚡ 좋아하는 작품을 다시 읽어보며 각 장마다 어떤 갈등이 등장하는지 표시해보자. 다 읽었다면 표시해둔 갈등 중 외적 갈등은 '✓'로, 내적 갈등은 '*'로 구분해보자. 마지막으로 이야기 안에서 갈등을 어떻게 쌓아 올리는지, 그 갈등이 인물과 플롯에 어떤 영향을 미치는지 살펴보자.

21

⚡ 사람들이 자신에게 일어난 어떤 사건에 대해 이야기할 때 귀를 기울이자. 직장 내 문제일 수도 있고, 자동차가 고장 난 불상사일 수도 있고, 휴가 때 겪은 일화일 수도 있다. 이 중 갈등이라 할 만한 요소가 포함된 이야기는 얼마나 되는가? 또 갈등은 이야기의 흥미에 어떤 영향을 미치는가?

갈등이 이토록
중요한 이유

갈등이 정확히 무엇이냐 묻는다면, 이야기가 곧 갈등이다. 만약 소설의 정수를 뽑아낸다면 궁극적으로 어떤 사람(인물)이 어떤 정당한 이유(동기)를 가지고 어떤 것을 원한다(목표)는 이야기로 압축될 것이다. 그리고 여기에는 어떤 것 혹은 어떤 사람이 방해물로 작용한다. 이때 방해가 되는 것이 바로 갈등이다. 이 공식에서 갈등을 빼버린다면 어떤 인물이 무언가를 원하고 그것을 손에 넣는 과정만이 남게 된다.

정말이지 하품이 나오지 않을 수 없는 구성이다. 어떤 사람이 무언가를 원하고, 그것을 수월하게 손에 넣는 모습에서는 어떤 긴장감도 느낄 수 없다. 물론 현실 세계에서라면 피력한 욕망을 실현하는 게 더할 나위 없이 좋은 일일테지만. '저기 우주야, 듣고 있니? 나 복권에 당첨되고 싶어. 진정한 사랑을 찾고 싶어. 아니… 복권에도 당첨되고 진정한 사랑도 찾고 싶어!' (만일 우주가 정말로 이런 욕망에 귀 기울이고 있다면, 나는 이 욕망을 무려 책으로 써서 피력했다는 점에 추가 점수를 받아야 마땅할 것이다.)

하지만 의지의 표명은 그저 시작에 불과하다. 뷰티 전문가가 갖추고 있는 화장품보다 더 많은 수의 자기계발서를 소장하고 있는 사람으로서 내가 깨달은 바다. 그렇다면 그다음에는 무엇을 해야 할까? 바로 원하는 것을 추구해야 한다. 여기가 까다로운 부분인데, 우주가 우리를 때려눕히는 순간에 다시 일어서야만 하기 때문이다.

어떤 것을 손에 넣는 충족감은 이를 위해 노력하는 과정에서도 온다. 아무런 노력 없이 목표를 달성하는 인물은 흥미롭지 않다. 독자가 책장을 넘기며 가장 마주하고 싶지 않은 것이 바로 지루함이지 않은가. 의지 자체는 행동이 아니다. 독자는 인물이 무언가를 바라기만 하는 모습보다 무언가를 하는 모습을 보고 싶어 한다. 바로 목표를 달성하기 위해 행동하는 모습이다.

독자는 무자비한 주인이라서 작품 속 인물이 고군분투하는 모습을 보고 싶어 한다. 고통과 고난으로 점철된 길을 헤쳐나가고, 깨진 유리 조각이 깔린 길 위를 기어가고, 일격을 맞아 쓰러졌다가 겨우 몸을 일으켜 세운 순간 다시 한번 머리를 얻어맞아 쓰러지는 모습을 보고 싶어 한다. 견디기 어렵고 암울한 궁지에 몰려 어떻게 이 곤경에서 빠져나가야 할지 감도 잡지 못하고 헤매는 모습. 독자는 그런 모습을 원한다.

그렇다면 독자는 모두 사이코패스일까? 물론 없지는 않겠다만, 그렇지 않은 독자들도 이런 고군분투를 보고 싶어 하는 이유는 인물이 불가능해 보이는 상황을 어떻게 해서든 극복할 때, 그 승리의 순간을 함께 만끽하고 싶기 때문이다. 이때 독자는 일말의 희망을 느끼게 된다.

만약 어떤 인물이 온갖 역경 속에서도 살아남는다면, 심지어 잘 살아나가기까지 한다면, 이 말은 곧 나도 그럴 수 있다는 뜻이다. 이 점에 대해 잠시 생각해보자. 내가 쓰는 이야기 속 인물이 겪는 갈등이 독자에게 희망을 불어넣는 기회가 될 수 있다니, 정말 멋진 일이 아닐 수 없다!

언젠가 돌이켜 생각할 때, 고난의 세월은 가장 아름다운 시기로 기억될 것이다.

— 지크문트 프로이트

프로이트의 말처럼 심리학자는 개인이 어떤 사람인지 정의하는 데 있어 갈등이 큰 부분을 차지한다는 사실을 잘 알고 있다. 참고로 나는 20년이 넘도록 상담가로 일했다. 그러니 이 책에서 잠시나마 심리학자 흉내를 내는 것을 이해해주기 바란다.

성격은 고난을 겪으며 형성된다. 인생을 되돌아볼 때 가장 머릿속에 떠오르는 일은 자신이 바라는 것을 손에 넣기 위해 어떤 일까지 감수했는지다. 우리는 힘겨운 일들을 버텨낸 시간을 돌아보며 스스로를 자랑스럽게 여긴다. 가장 많이 변화하고 성장하는 것도 누군가의 죽음이나 이혼같은 힘든 사건을 겪으면서다.

어떤 인물이 어려움과 마주한 순간, 우리는 그가 어떤 사람이 될지 알고 싶어 한다. 고난은 인격을 드러내기 때문이다. 모든 일이 뜻대로 풀려나갈 때 좋은 사람이 되기란 너무도 쉽다. 상황이 잘못되어갈 때야 비로소 우리가 쓰고 있는 가면, 즉 겉으로 드러나던 이미지가 벗겨지며 그제야 뒤에 숨어 있던 진정한 본성이 드러난다. 그 본성은 선할 수도, 악할 수도 있다.

사람들은 과거를 되돌아볼 때 자신이 고난의 세월을 어떻게 헤쳐나왔는지를 가장 또렷하게 기억한다. 인생에서 모든 것을 성취한 사람이 애정을 담아 가진 것 없던 지난 시절을 회상하는 일은 꽤 자주 볼 수 있다. 자수성가로 부를 이룬 사람이 아무도 자신을 믿어주지 않던 지난날과, 좁고 낡은 공간에서 혼자 겨우 사업을 시작할 능력 말고는 아무것도 가진 것 없던 시절을 그리운 듯 이야기하는 모습을 본 적 있지 않은가?

자식을 다 키우고 온갖 편의 시설을 갖춘 아파트에서 편안한 노후를 보내는 부부는 빨래할 동전이 없어 25센트(현 기준 약 330원)를 찾기 위해 소파 밑을 샅샅이 뒤지던 일을 애정 어린 말투로 회상할 것이다. 한 아이는 베란다의 울타리 안에 넣어두고, 다른 아이는 등에 업은 채 어떻게 잔디를 깎았는지도 말이다. 학위를 받은 사람은 학위 잉크가 채 마르기도 전에 향수에 젖어 이 학위를 받기 위해 얼마나 많은 밤을 지새웠는지, 학자금 대출을 더 받지 않기 위해 어떻게 세 군데서 아르바이트를 뛰었는지, 그때 왜 예거마이스터(알코올 도수가 35퍼센트인 리큐어─옮긴이)와 콜라가 참으로 훌륭한 조합이라 생각했는지를 구구절절 늘어놓기 시작할 것이다.

당시에는 이런 고된 시간이 힘겹게만 느껴지지만(예거와 콜라에 대해서는 내 말을 믿어주길 바란다), 지나고 나서 돌아보면 이런 힘겨운 시간을 견뎌냈다는 사실 자체가 마치 명예 훈장처럼 느껴진다. 좋은 집안에 천재로 태어나 고생 없이 자랐다면 받지 못했을 훈장이다.

우리는 경험하고 극복해낸 갈등과 고난을 떠올리며 스스로를 자랑스럽게 여기고, 그렇게 성취해낸 것들을 소중히 여긴다. 어쩌면 독자가 인물의 고생을 보고 싶어 하는 이유도 여기 있을지 모른다. 사실 우리는 결국 인물이 고난을 극복해낼 것이라는 사실을 알고 있다(지구를 구하고, 좀비를 물리치고, 사랑을 쟁취하고, 마법용을 찾아내듯). 우리가 원하는 것은 그 지난한 과정을 함께한 마지막 순간에 인물과 함께 축하하는 것이다. 고난이 깊고 힘겨울수록 기쁨은 더욱 커지기 마련이다.

갈등은 인물을 드러낸다. 스스로 좋은 사람이라고 말하기는 쉽지만 세상만사가 내 뜻과 반대로 돌아가는 순간, 더 이상 어디로든 물러설 곳이 없다고 느껴지는 순간, 우리는 진정한 나를 알 기회를 맞이한다. 그렇기에 심각한 갈등 상황에 인물을 던져 넣는 것은 인물에게 자신의 진가를 발휘할 기회를 주는 것이다. 혹은 실패를 경험할 기회가 될 수도 있다. 힘든 상황에 처하기 전까지는 누구를 의지할 수 있을지 절대 알 수 없다는 유명한 말도 같은 맥락에서 나온 것이다.

한편 갈등 상황을 활용하여 성공하지 못하는 인물을 보여줄 수 있다는 점도 짚고 넘어가자. 조연 중 한 명이 주인공과 똑같은 장애물을 마주한 끝에 고난을 극복하지 못하는 모습을 주인공과 대조시키며 독자에게 교훈을 선사할 수도 있다.

독자는 인물에 대해 알고 싶어 한다. 실제로 이야기 속에서 벌어지는 갈등이라는 기회를 통해 인물을 한층 깊이 이해하다 보면, 인물에게 마음을 내주게 되기도 한다. 인물에게 크게 공감하면 할수록 이야기에 한층 깊이 빠져들 수밖에 없다. 과학이 이 사실을 뒷받침한다.

공감은 두뇌에서 옥시토신을 분비시키는데, 옥시토신은

종종 '사랑 호르몬'이라 불리는 호르몬이다. 독자가 작품, 혹은 작품 속 인물과 사랑에 빠지길 바란다면 공감을 이끌어내는 것은 한 가지 방법이 될 수 있다. 그렇다. 글을 통해 사람들의 두뇌에서 벌어지는 화학 작용에 영향을 미칠 수 있는 것이다! 하지만 전문가로서 한 마디 보태자면, 이 능력에 도취되지 않도록 노력해야 한다.

긴장감은 독자가 인물에게 무슨 일이 벌어질지 모를 때 피어난다. 일련의 갈등이 팽팽한 밧줄처럼 책 전체를 당기고 있다고 생각하면 된다. 독자를 마지막 페이지까지 끌고 갈 견인 밧줄인 셈이다. 독자는 인물이 어떻게 이 변덕스러운 파도를 헤쳐나갈지 보고 싶어 한다. 그래서 다음에 무슨 일이 일어날지 알아내기 위해 "딱 한 장만 더"라 말하며 책장을 넘길 것이다.

한편 긴장감을 누그러뜨려야 할 필요도 있다. 독자도 고무줄이 탁 하고 풀려버리기를, 긴장되는 상황이 어서 빨리 끝나버리기를 기다릴 때가 있는 법이다. 롤러코스터가 달칵달칵 소리를 내며 꼭대기까지 올라가면 한시 바삐 내리막으로 내려가기를 바라는 것과 마찬가지다. 언제까지고 꼭대기에 머물 수만은 없는 노릇이지 않은가. 독자는 도대체 지금 무슨 일이 벌어지고 있는지를 파악하고 어느 정도 안도감을 느껴야 한다.

진심으로 독자를 괴롭히고 싶다면(작가에게 그 밖에 달리 어떤 재미가 있단 말인가?) 긴장감이 해소될 것처럼 보이게 장을 끝맺고는, 다음 장에서 한 단계 더 높은 긴장을 선보이도록 하자. "오호호, 이 장만 다 읽고 자러 가려고 생각했지? 꿈도 꾸지 마.

너는 새벽 2시까지 잠들지 못할 거야. 내일 출근을 해야 한다든가, 학교에 가야 한다든가, 회의가 있다든가, 비행기를 타야 한다든가, 다른 할 일이 있다 한들 내가 알게 뭐람!" 참으로 아이러니한 것은 이 장의 앞부분에서 내가 어떤 독자들을 사이코패스라 불렀다는 점이다.

⚡ 심한 압박감에 시달리거나 큰 갈등과 마주했던 시기를 일기 형식으로 써보자. 당시 어떤 행동을 하고 어떤 반응을 보였는가? 그 반응에서 내 성격의 어떤 점을 알 수 있는가?

_____

_____

_____

_____

_____

⚡ 지인이 겪은 힘겨운 일을 일기 형식으로 써보자. 당시 지인의 반응을 보고 그 사람에 대해 충격적이고도 새롭게 알게 된 사실이 있는가?

_____

_____

_____

_____

_____

_____

⚡ 내 작품 속 인물에게 고생스러웠지만 그리운 시절이 있는가? 고
생을 극복했다는 사실에 뿌듯해하는 사건은? 반대로 자랑스럽지
않은 과거의 사건이 있는지도 생각해보자.

2장

외적 갈등

작품에서는 기본적으로 외적 갈등과 내적 갈등이라는 두 종류의 갈등이 존재한다. 외적 갈등이란 주인공의 앞길을 가로막는 모든 것이다. 다른 사람이나 다른 집단, 사회 전반, 구조적 문제, 날씨, 자연(곰은 여러 가지 많은 문제를 일으킬 수 있다)을 비롯해 인물 앞에 던져줄 만하다고, 우리가 생각할 수 있는 모든 것이 다 외적 갈등이 될 수 있다.

내적 갈등은 그 반대다. 내적 갈등은 인물이 목표를 추구하지 못하게 막는, 내면에서 벌어지는 사건이다. '나 자신의 가장 큰 적'이라는 말을 들어본 적 있는가? 이는 내적 갈등을 상당히 간결하게 요약하는 말이기도 하며, 많은 이에게 심리 치료가 필요한 이유기도 하다.

작가 몇 명이 서로 치고받고 싸우는 모습을 보고 싶다면 상업 소설에서는 오직 외적 갈등만이 존재하며 순수문학에서는 내적 갈등밖에 없다고 주장해보자(고급스러운 작가 모임에 가게 되다면 이 점을 알아두자. 작가 모임에서의 재미란 이런 종류의 논쟁을 불러일으키는 것이다. 내향형 인간들이 상상 속 친구가 아닌 현실의 사람들과 교류하려고 노력하는 모습을 지켜보는 일도 또 하나의 재미다).

이 편협한 주장에 부합하는 작품이 몇 편 정도는 있을지 모르지만, 상업 소설과 순수문학 모두에서 이를 반박하는 작품은 충분히 많다. 많은 작가가 갈등은 많을수록 좋다는 주장에 동의하므로 대부분의 작품에는 이야기를 움직이는 중심 갈등이 어느 한쪽으로 치우칠지언정, 외적 갈등과 내적 갈등이 모두 등장하기 마련이다.

하지만 갈등의 원천이 어디에 있든 어느 한쪽이 다른 한쪽보다 우월한 것은 아니다. 작가들은 한 가지 올바른 해답을 알고 싶어 하는 욕망이 있다. 그 정답에 따라 책을 집필해 출간하기 위해서다. 하지만 플롯을 짜고, 대화를 쓰고, 집필 과정을 선택하는 일에 절대적인 정답이란 존재하지 않는다. 어느 쪽 갈등에 중점을 둘지는 작가가 쓰는 이야기에 따라, 작가가 흥미를 느끼는 대상에 따라 달라지기 마련이다.

⚡ 쓰고 있는 이야기에 외적 갈등이 등장하는가? 어떤 종류의 외적
갈등인가?

_____

_____

_____

_____

_____

⚡ 쓰고 있는 이야기에 내적 갈등이 등장하는가? 인물의 내면에서
무엇이 싸움을 벌이고 있는가?

_____

_____

_____

_____

_____

⚡ 내적 갈등과 외적 갈등 중 한 종류의 갈등만 등장하는 상황이라면
다른 종류의 갈등을 덧붙일 여지가 있는가?

외적 갈등의 매력

외적 갈등이란 인물이 목표를 달성하지 못하게 막는, 이 세계에서 일어나는 어떤 사건이다. 세상 일이 참 뜻대로 되지 않는다는 기분이 들 때면 외적 갈등으로 문제를 겪고 있는 것이다 (어쩌면 편집증이라는 문제에 시달리고 있을지도).

외적 갈등의 매력은 인물이 독자와 함께 그 사건을 보고 듣고 경험할 수 있다는 것이다. 외부의 갈등이란 내면에서 벌어지는 사건이 아니며, 바깥에서 인물에게 훼방을 놓는 무언가 혹은 누군가다. 방해가 되는 대상을 볼 수 있다는 말인즉슨 곧 인물이 이 문제를 어떻게 피해갈지, 혹은 어떻게 정면으로 부딪칠지 그 과정을 볼 수 있다는 뜻이다. 덕분에 독자는 인물이 갈등에 대응하는 과정을 한층 쉽게 지켜보고 평가할 수 있다.

지금부터는 인물의 앞길을 가로막는 몇 가지 외적 갈등을 한층 자세히 살펴보겠다. 그리고 이런 갈등을 어떻게 활용할 수 있을지 알아보도록 하자.

날씨와 자연

유독 그런 날이 있기 마련이다. 출근 시간에 늦었는데 하필 중요한 회의가 있어 제시간에 사무실에 도착해야 하는 날. 물론 그 전에 먼저 개를 산책시켜야만 한다. 그렇지 않으면 온종일 아무것도 부수지 않고 집에 얌전히 있을 리가 없기 때문이다.

그런데 밖으로 한 걸음 나서자 비가 내린다. 부슬부슬 기분 좋게 흩날리는 비가 아닌, 맹렬하게 휘몰아치는 차가운 비다. 마치 수백만 개의 작디작은 얼음 화살이 얼굴을 찌르는 기분이다. 개도 전혀 협조를 해주지 않는다. 바로 배변을 하기는커녕 땅바닥 구석구석을 킁킁거리며 모조리 냄새를 맡을 작정이다. 마치 자기가 고급 식당의 소믈리에고, 물웅덩이들이 진귀한 보르도 와인이라도 된 양 하나하나 냄새를 음미하기 위해 발길을 멈춘다.

바람은 또 얼마나 세차게 부는지, 이미 내 꼴은 저녁 뉴스에 허리케인 소식을 보도하기 위해 전화 연결을 한 기자 같은 몰골이다. 심지어 차 한 대가 지나가며 물웅덩이를 밟아 물보라를 일으킨 바람에 차가운 진흙탕 물을 흠뻑 뒤집어쓴다.

잠깐, 이게 뭐지? 맙소사, 머리카락에 진짜 지렁이 한 마리가 붙어 있다! 물보라를 맞을 때 붙은 것이 틀림없다. 게다가 지렁이는 반쯤 짓이겨진 데다 장기가 빠져나오고 있는 것이, 무척 아파 보인다. 머리카락에 다 죽어가는 지렁이가 붙어 있는데, 이 녀석을 떼어낼 방도가 없다. 휴지도 없고 그렇다고 손으로 지렁이를 만지고 싶지는 않다. 안 그래도 늦었는데, 머리카락이 지렁이 전장이 된 몰골로 출근을 해야만 할 것 같다. 상황은 더 이상 나빠지려야 나빠질 수가 없을 지경이다.

그리고 바로 그 순간… 아직 뜨끈뜨끈한 개똥 무더기를 밟는다.

이 상황 묘사는 자연이 어떻게 하루를 엉망으로 만들 수 있는지 보여주는 예다. 게다가 아직 토네이도, 화재, 전염병 같은 얘기는 꺼내지도 않았다. 좀비도, 곰에게 먹히는 일도 나오지 않았다. 이처럼 자연은 종종 삶을 엉망진창으로 망쳐놓는다.

가끔은 이런 일이 아주 거대한 규모로 벌어지기도 한다. 방금 언급한 토네이도나 곰 같은 경우가 그렇다. 혹은 곰이 토네이도처럼 몰려오는 건 어떨까? 누가 넷플릭스 쪽에 전화라도 해주길 바란다. 비가 오는 설정은 평범하게 그저 성가신 방해 정도에 그치기도 하지만, 규모가 어떻든 인물이 나아가는 길에 때때로 자연이 장애가 된다는 사실은 같다.

만약 역사 소설을 쓰고 있다면 자연이라는 요소를 한층 크게 고려해야만 한다. 1800년대는 식량 저장고에 불이라도 나면 굶주림이 현실이 되는 시절이었다. 겨울은 길고 코스트코 비슷한 곳도 없었다. 여행을 하려면 사람이 살지 못하는 황량하고 드넓은 지역을 가로질러야 했고, 그 여정에서 자연의 변덕에 노출되는 일도 다반사였다.

시에라네바다산맥의 얼어붙은 산 위에서 서로를 먹어치울 수밖에 없었던 도너 탐험대(1846년 서부 개척에 나선 도너 탐험대는 폭설 때문에 시에라네바다산맥에 고립되어 굶주린 끝에 죽은 사람의 시체를 먹었다고 알려졌다 ─ 옮긴이)를 떠올려보자. 그때 탐험대가 코스트코에 갈 수만 있었다면 무슨 짓까지 했을지 상상해보자. 사람을 찍어 먹기 위한 맛있는 바비큐 소스 하나를 얻기 위해서라면 못할 짓이 없었을 것이다.

만약 판타지 소설을 쓴다면 온갖 위험 요소를 갖춘 자연환경을 창작해낼 수도 있다. 이를테면 "겨울이 오고 있다"는 어떨까? 그 세계관에만 등장하는 고유 생물을 창작할 수도 있다. 예를 들어 등장인물들이 곰거미(곰+거미) 같은 교배종이나 용의 존재를 걱정하게끔 설정할 수도 있다. 독을 품은 검은 비가 내릴 수도 있고, 마법에 필요한 꽃이 있을 수도 있고, 땅 위를 돌아다니며 생명 있는 존재를 덮치는 나무가 있을 수도 있다.

우주가 배경이라면 블랙홀, 얼어붙을 듯 차가운 우주 환경, 고장 난 위성 같은 것들을 걱정해야 한다. 앤디 위어의 뛰어난 베스트셀러 『마션』은 인간과 자연의 대결을 보여주는 훌륭한 예다. 주인공 마크 와트니는 변덕스러운 모래 폭풍이 불어닥친 끝에 화성에 홀로 고립된다. 마크는 인류에게 알려진 가장 적대적인 환경에서 생존하기 위해 고군분투한다. 그가 감자를 재배하고 소변을 재순환하여 사용하는 법을 궁리하는 모습을 응원하지 않는다면, 정말이지 인간의 마음을 가지고 있다 할 수 없을 것이다.

물론 자연은 현대 소설에서도 고난을 야기할 수 있다. 주인공이 탄 비행기가 유콘주의 황량한 벽지에 불시착한다면? 딱딱하게 굳은 그래놀라 바 하나, 어그부츠 한 켤레, 숟가락 하나, 차갑게 식어버린 무가당 바닐라 소이 라테 한 잔 말고는 아무것도 없는 상태에서 살아남아야 할지도 모른다.

혹은 자연을 그저 성가신 장애물 정도로 사용할 수도 있다. 예를 들어 야외 결혼식이 예정된 날, 예보에 없던 비가 내리는 것이다. 미스터리 소설에서라면 중대한 단서가 바람에 날려 사라질 수 있고 말이다. 사실 불쾌하기 짝이 없는 개똥을 밟는 일 정도는 언제라도 일어날 수 있다.

⚡ 이야기 안에 자연과 관련된 갈등이 등장하는가? 그렇지 않다면
세계가 인물을 등 돌리게 만들어 갈등을 멋붙일 여지가 있는가?

_____

_____

_____

_____

_____

⚡ 역사 소설을 쓰고 있다면 그 시대에 날씨와 관련된 중대한 사건이
있었는지 조사해보자.

_____

_____

_____

_____

_____

_____

⚡ 판타지 소설이나 SF 소설을 쓰고 있다면, 새로 창작해낸 세계에서 자연은 어떤 방식으로 작용하는가? 어떤 규칙이 있는가?

_____

_____

_____

_____

_____

41

⚡ 날씨는 어떤 식으로 이야기나 주제를 뒷받침하는가?

_____

_____

_____

_____

_____

_____

사회와 체제 속에서 불거지는 갈등

사회 전체도 외적 갈등을 일으키는 원천이 될 수 있다. 이런 경우 인물은 사회의 지배적 문화와 충돌하며, 인물과 사회의 성격에 따라 크고 작은 문제가 발생할 수 있다.

남북전쟁 당시 미국 남부에서 살고 있던 아프리카계 미국인의 이야기를 쓴다고 해보자. 그 인물이 목표를 달성하기 위해서는 중대한 사회적, 체제적 문제와 어려움을 헤쳐나가야만 할 것이다. 또 학교에서 인기가 없는 학생을 주인공으로 이야기를 쓴다면, 그 인물은 굳어질 대로 굳어진 사회 구조에 대항해야만 할 것이다. 영국 드라마 〈다운튼 애비〉에 등장하는 하녀는 저택의 귀부인과는 사뭇 다른 어려움을 겪는다. 이처럼 어떤 갈등을 겪는지는 인물이 처한 상황에 따라 달라진다.

우리 모두는 자신보다 더 큰 사회 안에 존재하며, 그 사회에 들어맞을 수도 있고 그렇지 않을 수도 있다. 인간이 먹이사슬의 가장 최상위에 있기는 하지만 항상 그런 것만은 아니기 때문에 작가는 자신이 쓰는 인물이 계급사회 안에서 어떤 위치에 있는지를 알아야 한다. 인물이 자신의 위치를 얼마나 잘 파악하고 있는지 살펴보는 일도 흥미롭다. 한번 생각해보자. 내 작품 속 인물은 자신의 지위를 올바르게 인식하고 있을까, 그렇지 않을까?

체제 안에서 불리한 처지에 놓인 사회적 약자를 주인공으로 이야기를 쓰고 있다면 사회적 혹은 체제적 갈등이 반드시 등장할 수밖에 없다. 어쩌면 작가 자신이 사회에서 소외된 계층 출신이자 특권 계급으로 이득을 누리는 이들보다 한층 치열하게 싸워야만 했던 장본인으로서 이런 갈등을 직접 경험했을 수도 있다.

체제와 맞서 싸워본 적이 있는가? 결코 쉽지 않은 일이다. 체제는 강건하고, 굼뜨고, 좀처럼 변하지 않기 때문이다. 사실 나는 이중국적자라 여권을 두 개 가지고 있는데(슈퍼 스파이 같지 않은가!), 미국으로 출국하기 위해서는 미국 여권을 사용해야 하고, 캐나다 사람으로 캐나다에 입국하려면 캐나다 여권을 사용해야 한다. 내가 듣기로는 출국할 때와 입국할 때 서로 다른 여권을 사용하면 안 된다고 한다.

한번은 몇 시간 동안이나 전화기를 붙잡고 여러 군데의 세관과 출입국관리국 직원들과 통화를 하며 이 문제를 해결하려 애써보기도 했다. 하지만 법체계와 맞서 싸워본 사람이라면 누구나 알고 있듯이, 법 제도의 앞뒤가 맞지 않는다는 사실 따위는 중요치 않다. 대개는 무조건 법이 이긴다(부디 당국에 나를 신고하지 않기 바란다. 다시 그 지겨운 짓거리를 되풀이할 자신이 없다).

만약 판타지 소설이나 사변 소설을 쓰고 있다면, 사회 구조를 설명하기 위해 어느 정도 세계관을 구축해두어야 한다는 점을 명심하자. 이런 작품에서는 그 사회에서 기대하는 문화적 기대치를 명확하게 설정해두어야 한다. 그리고 인물이 사회 안의 기대치에 어떻게 부응하거나 부응하지 않는지를 분명하게 보여주어야 한다.

한편 큰 사회 안에는 작은 사회들이 있다는 사실도 명심하자. 가족, 학교, 사교 모임 같은 것들이 그러하다. 작품 속 주인공이 대대로 기계 사업을 해온 가문의 5대째 자손이라고 해보자. 가문에서는 인물이 가업을 물려받아 기존 방식을 그대로 유지하며 회사를 꾸려나갔으면 하지만, 그는 다른 방식으로 회사를 운영해보고 싶다. 어쩌면 서점 쪽으로 사업을 새로 개척해보고 싶을지도 모른다. 하지만 가족들은 여기에 강렬하게 반대한다. 가장 끔찍한 사례를 가정해보자면 주인공은 아예 기계 회사 운영 같은 건 하고 싶지 않을지도 모른다. 또 다른 인물의 상황을 상상해보자. 가족들이 운동을 좋아해서 휴일마다 축구 시합을 하러 가야 하는데, 인물에게 운동신경이라고는 전혀 없을 수도 있다.

반대로 사회에 상당히 잘 들어맞는 인물을 창작할 수도 있다. 하지만 어떤 사건이 벌어지며 사회를 보는 관점을 변화시킬 만한 무언가를 목격할 수도 있고, 어떤 계기로 인해 갑작스레 사회와 충돌할 수도 있다. 하지만 주변인들은 그가 평지풍파를 일으키지 않고 예전으로 돌아오기를 바랄 것이다(그리고 우리의 편집자는 이 문제를 진부하지 않은 방식으로 잘 그려내기를 바랄 것이다). 예를 들어 주인공이 학교에서 인기 있는 집단에 속해 있다고 하자. 그런데 과제 때문에 원래 무리와는 동떨어진 누군가와 친구가 된다면 과연 주인공은 새로 만난 친구를 선택할까, 무시할까?

사회 자체를 걸고넘어지는 일은 꽤 까다로울 수 있다. 그래서 수많은 작가가 체제를 대변하는 구체적 인물을 창작하는 편을 택한다. 노예 소유주, 다스 베이더, 콧대 높고 인기 많은 치어리더 같은 인물이 여기 해당한다. 이런 인물을 설정하면 갈등은 개인적인 문제로 치환될 수 있다. 주인공이 사회 전체와 대결하는 게 아니라 특정 인물과 대결하는 셈이기 때문이다.

가령 다스 베이더 같은 인물은 제국을 상징하는 존재로서 그 체제의 잘못된 모든 것을 대표한다. 그는 계산적이고, 냉혹하고, 선택받은 소수가 권력을 누리게 만들기 위해 다수를 희생시키는 사악하고 타락한 존재다. 물론 제국을 묘사할 때도 여기에 사용한 똑같은 표현을 적용할 수 있다. '오만에 물든 은하 제국 정부는 정도에서 크게 벗어나버렸다.'

이처럼 큰 체제를 증오하기란 사실 쉬운 일이 아니다. 체제보다는 한 개인을 증오하는 편이 훨씬 쉽다.

⚡ 작품 속 인물은 어떤 사회 안에서 살아가는가? 모든 것을 포함하는
큰 사회와 그 일부를 구성하는 작은 사회들을 함께 고려하자.

_____

_____

_____

_____

_____

⚡ 이야기에 등장하는 사회의 규칙을 목록으로 작성해보자. 각 규칙
(암묵적인 규칙일 수도 있다)마다 주인공이 동의하는지 반대하는
지 표시해두면 유용하게 활용할 수 있다.

_____

_____

_____

_____

_____

⚡ 작품 속 사회는 어떤 신념과 가치관을 준수하고, 무엇을 중요하
게 여기는가? 인물의 가치와 사회의 가치가 충돌해 갈등을 빚을
기회가 있는가?

_____

_____

_____

_____

_____

47

_____

_____

_____

_____

_____

_____

_____

배경 활용하기

배경은 얼핏 자연과 비슷해 보이지만 엄연히 따지면 다른 부분이 있으므로 별도로 살펴보도록 하자. 사실 배경은 글을 쓸 때 작가들이 충분히 활용하지 못하는 영역이기도 하다. 많은 작가가 단지 인물을 둘러싼 것들을 객관적으로 묘사하는 데 그치고 말기 때문이다.

다음 묘사를 살펴보자. 사무실에는 책상과 램프와 의자가 있다. 한쪽 벽은 책장이 차지하고 있다. 흰색으로 칠해진 벽에는 밝은 색감의 복제된 현대미술 수집품들이 걸려 있다. 이런 묘사 방식은 정확할지 몰라도 딱히 흥미롭지는 않다. 아무런 감흥도 없고 이 공간을 사용하는 사람에 대해 어떤 사실을 알려주지도 않는다. 배경을 단지 이야기가 벌어지는 무대 장치로만 여길 것이 아니라 이야기의 다른 요소들, 주제와 분위기, 갈등을 어떻게 부각시킬 수 있을지 고심해야 한다.

미심쩍은 마음이 든다면 영화계 미술 분야에서 일하는 사람에게 물어봐도 좋다. 영화 세트를 만드는 사람들이 그저 손에 잡히는 아무 물건들로 공간을 채운다고 생각하면 큰 오산이다. 그들은 소파 쿠션 하나부터 벽지 색에 이르기까지 배경을 구성하는 모든 사소한 세부 사항에 대해 고심한다. 영화에서는 인물과 분위기를 강조하고 각 장면에서 발생하는 갈등을 부각하기 위해 배경의 색과 질감, 자질구레한 소품 하나하나를 모두 활용한다.

앞에서 묘사한 사무실을 예로 들자면 얼룩 하나 없는 순백으로 벽을 칠하고, 불온한 기운을 뿜는 붉고 검은 색조의 그림들을 걸고, 조각이 새겨져 고풍스러운 느낌이 들면서도 작은 서랍이 여러 개 달려 무언가를 숨기고 있는 듯한 책상을 배치할 수도 있다. 책상은 심지어 무거운 자물쇠로 잠겨 있을지도 모른다. 책장이 의자에 앉은 사람을 덮칠 듯 보이는 구도로 촬영할 수도 있다. 배경을 이런 식으로 묘사한다면 이 방은 불현듯 불길한 예감이 떠돌고, 어딘가 섬뜩한 기운마저 느껴지는 공간이 된다.

우리는 공간과 배경을 활용해 누군가를 편안하게 만들 수도, 불안한 기분이 들게 만들 수도 있다. 어딘가 섬뜩한 구석이 있는 지하실을 묘사한다고 해보자. 여기저기 거미집이 있고 방치된 상태로 녹슬어버린 도구가 흩어져 있으며 바닥에는 구덩이가 파여 있다면… 어느 누구도 그 지하실에 오래 머물고 싶지 않을 것이다.

다른 예를 살펴보자. 사실 나는 내향형 인간이라 아는 사람이 하나도 없는 사교 모임에 갈 때마다 손바닥에 땀이 나고 심장이 두근거린다. 그런 자리에 가면 십중팔구 뜬금없이 자리에 어울리지 않는 이야기를 꺼내기 마련이다. "상어의 습격을 받아 죽은 사람보다 소 때문에 목숨을 잃은 사람이 더 많다는 사실을 아시나요?" 같은 말들이다(덧붙이자면 사실이다). 그다음에는 버릇처럼 킁킁 코를 울리며 웃음을 터뜨릴 것이다.

나 같은 인물의 긴장감을 끌어올리고 갈등이 벌어질 가능성을 높이고 싶다면 옷을 한껏 차려입고 참석해야 하는 파티 자리로 데려가면 된다. 나는 연쇄살인마의 지하실보다 이런 파티 자리가 더 두렵다.

　방금 나를 대입한 예시를 보면 갈등이 배경 자체에서 온다기보다 그 배경에 있는 인물의 마음 상태에서 온다는 것을 알 수 있다. 내 사례를 한 번 더 언급하자면, 나는 사소한(아주 절제한 표현이다) 치과 공포증이 있다. 치료실에 걸어 들어가는 순간 심장은 쿵쾅거리며 빠르게 뛰기 시작하고, 가슴과 겨드랑이에서는 기름진 땀이 송골송골 배어난다. 치과 치료실의 냄새를 맡기만 해도 이미 안절부절못하는 기분에 사로잡히니 오죽하겠는가. 고문 도구들이 늘어선 광경을 흘끗 보기만 해도 도망치고 싶어진다. 설사 내가 아니라 다른 가엾은 영혼의 치아를 뚫고 있다 하더라도 드릴 소리를 들으면 바로 토하고 싶어진다.

　그런데 신기하게도 내 주변에는 치과를 사랑하는 친구도 있다. 스케일링을 받는 동안 깜빡 잠이 들 정도다. 긴장이 풀려 편안한 나머지 잠들어버리는 것이다. 스트레스 같은 건 전혀 받지 않는다. 나는 반년에 한 번 치과에 가 겨우 자제심을 붙든 채 한 시간을 버티고 오지만, 어떤 이들은 치과에 붙어 살다시피 하면서도 멀쩡한 상태를 유지한다.

　이처럼 어떤 사람은 불안하지만 어떤 사람은 전혀 불안하지 않은 배경이 있기 마련이다. 회사, 자동차, 회계사 사무실, 시골, 도심의 거리, 가구 위에 깨지기 쉬운 물건이 위태롭게 널린 시댁이나 처가도 이런 배경이 될 수 있다.

　갈등이 일어나기 쉬운 배경도 있다. 공항이나 병원처럼 스트레스 지수가 높은 장소나 디즈니랜드, 가구점처럼 서로의 기대치가 다를 수 있는 곳이 그렇다. 이케아에서 발음하기도 어려운 이름의 가구를 조립하려다 좌절한 고객들을 돕기 위해 매장 상담가를 고용한 적이 있다는 사실을 알고 있는가?

그러니 작가라면 공항에서 보내는 기나긴 환승 시간을 유익하고 즐겁게 보낼 수 있다. 사람들이 잘 보이는 곳에 자리를 잡고 앉아 이들이 지나다니는 모습을 관찰하기만 하면 된다. 장담하건대 어떠한 종류든 갈등을 목격할 기회가 있을 것이다. 한편 자신이 그 장소에 어울리지 않다고 생각하는 인물이나 특정 장소에서 스트레스를 받는 인물은 마음이 편안한 인물에 비해 갈등에 휘말리거나 부정적으로 반응할 가능성이 높다는 사실을 명심하자.

⚡ 인물이 가장 편안한 기분을 느낄 만한 장소는 어디인가? 반대로 가장 불편한 기분을 느낄 만한 장소는 어디인가?

_____

_____

_____

_____

⚡ 어떻게 하면 배경 묘사로 글의 분위기를 바꿀 수 있을지 고민해보자. 우선 연습 삼아 지금 내가 있는 공간을 묘사해보자. 다음에는 공포 소설을 쓰고 있다고 상상하며 같은 공간을 묘사해보자. 그 다음에는 1700년대에서 시간 여행을 온 여행자의 시선으로 같은 공간을 묘사해보자. 같은 장소는 각각의 이야기에 따라 어떻게 다른 방식으로 묘사되는가?

_____

_____

_____

_____

_____

⚡ 갈등을 최대한으로 끌어올리기 위해 바꿀 수 있는 배경 요소에는 있다면 어떤 것들이 있는가?

_____

_____

_____

⚡ 인물을 불안하게 만드는 장소를 각 감각에 따라 세부적으로 살펴보자. 어떤 식으로 강조할 수 있는가? 그 장소는 어떤 냄새와 질감을 가지고 있는가?

_____

_____

_____

⚡ 주인공 옆에서 같은 배경을 두고 정반대의 기분을 느끼는 인물이 있는가?

_____

_____

_____

적과의 동맹

주인공이 적과 손을 잡고 협력해야만 하는 상황에서는 흥미로운 형태의 외적 갈등이 나타난다. '적의 적은 친구'라는 말처럼 공동의 적을 물리치기 위해서라면 평소에 적대하던 누군가와 세력을 합쳐야 할 때가 있다. 이 역학 관계는 미국과 러시아가 동맹을 맺은 제2차 세계대전에서도, 서로 마음이 맞지 않는 캐릭터들이 등장하는 마블의 '가디언즈 오브 갤럭시 시리즈'에서도 찾아볼 수 있다. 현실로 오면 보수적인 종교 단체가 외설물에 대항하기 위해 페미니스트 단체와 힘을 합치는 경우도 같은 사례라 볼 수 있다.

　　이런 상황은 같은 편에 속한 사람들 사이에서 갈등을 빚어낼 수 있기 때문에 작가로서는 일종의 도전이기도 하지만, 동시에 재밌게 글을 쓸 기회이기도 하다. 평소 같으면 서로 의견이 맞지 않을 문제들을 과연 어떻게 타개해나갈까? 또 그 과정에서 서로에 대해 어떤 사실을 알게 될까?

악당의 등장

오래 기다렸다. 드디어 가장 흔하디흔한 외적 갈등 소재에 도달했다! 바로 독자가 마음껏 싫어할 수 있는 인물인 악당이다. 모두가 알다시피 악당은 주인공이 목표를 추구하지 못하도록 방해하는 역할을 한다.

사악한 서쪽마녀, 볼드모트, 한니발 렉터, 무시무시한 백
작, 외계인, 얼간이 직원… 주인공의 목표를 방해하는 모든 악
당들에게 박수를 보내자. 실제로 독자는 이런 악당이 등장하는
장면을 가장 즐겁게 읽는다. 훌륭한 악당에게는 어딘가 재밌는
구석이 있다. 게다가 악당은 일반적으로 절대 하지 않을 법한,
하지만 가끔은 그렇게 하고 싶은 말이나 행동을 한다. 작가들
도 악당이 등장하는 장면을 집필하는 과정이 굉장히 재밌다는
사실을 인정한다.

　　앞에서 한차례 언급했듯 악당은 부패한 사회나 체제를 대
리하는 인물일 수도 있다. 하지만 그럴 때도 그 밖의 여러 면모
를 갖출 필요가 있다. 악당은 대부분 자기가 악당이라는 사실
을 알지 못한다는 점을 염두에 둔다면 도움이 될 것이다. 악당
의 머릿속에서는 자신이 그 이야기의 주인공이니 말이다.

　　악역이 주인공의 앞길을 가로막을 때는 아주 타당한 이유
가 있어야만 한다. 그저 악역이 필요하니 등장시켰다는 이유로
는 독자를 충분히 납득시키기 어렵다. 악당에게는 강력한 동기
가 필요하다. 충분히 강력한 동기를 부여해주기만 하면 악당은
그 목표를 이루기 위해 앞으로 밀고 나갈 것이다.

　　악당이 그저 마구잡이로 문제를 일으키기만 하는 존재에
그쳐도 독자를 설득시킬 수 없다. 물론 실제로 아무 생각 없이
문제를 일으키고 다니는 사람들이 있긴 하지만, 그런 사람들은
그리 흥미롭지 않다. 독자의 마음을 끌어당기는 악당은 자기만
의 기준을 두고, 그 이유를 위해 어떤 행동을 저지르는 존재다.
그 기준이 도덕적으로 심각하게 어긋나 있더라도 독자에게는

이를 이해하는 과정 자체가 흥미로울 것이다.

어떨 때는 주인공과 악당이 맺는 관계 덕분에 이야기가 한층 재밌어지기도 한다. 셜록 홈즈는 모리아티를 상대하며 더욱 흥미로운 인물로 탄생한다. 다스 베이더가 루크 스카이워커의 아버지로 밝혀지는 것도 결코 우연이 아니다. 이 사실이 밝혀지며 루크는 한층 더 어려운 처지에 빠지고 만다.

작품을 만들 때는 악당이 필요하다는 사실과 더불어 그 악당이 주인공에 대적할 만한 최고의 적수여야 한다는 사실을 명심하자. 악당을 어떻게 창작하면 좋을지 고민이라면 『소설쓰기의 모든 것 3: 인물, 감정, 시점』을 살펴보는 것도 좋다. 훌륭한 참고 자료가 되어줄 것이다.

어쩌면 주인공과 악당이 서로 다른 편에 속하지 않을 수도 있다. 둘이 같은 목표를 추구한다는 설정도 가능하다. 다만 그 목표를 달성하기 위해 어떤 일까지 감수하려 드는지를 두고 서로 충돌하게 되겠지만 말이다.

⚡ 악당은 왜 주인공의 앞을 가로막으려 하는가? 작품 속에서 악당이 원하는 것은 무엇인지, 왜 그것을 원하는지 생각해보자. 이때 악당의 의견에 동조하는 인물이 있는지도 살펴보자.

_____

_____

_____

_____

_____

⚡ 악당의 입장에서 주인공이 못마땅한 부분, 도전적이라 느껴지는 부분, 화가 나는 부분을 일기 형식으로 써보자.

_____

_____

_____

_____

_____

⚡ 좋아하는 소설을 몇 권 살펴보며 악당이 나오는 부분을 찾아보자. 그 악당을 흥미롭게 만드는 요소는 무엇인가?

_____

_____

_____

_____

_____

58

⚡ 『오즈의 마법사』를 사악한 마녀의 시점에서 다시 이야기하는 『위키드』처럼, 지금 쓰는 작품을 거꾸로 뒤집어본다면 악당은 자신의 이야기를 어떻게 풀어나가는가?

_____

_____

_____

_____

_____

주인공과 대립하는
선한 존재

이 항목은 앞서 설명한 악당의 변형이지만, 한번 짚고 넘어갈 만한 가치가 있다. 가끔은 주인공에게 훼방을 놓는 인물이 못된 악당이 아닐 때도 있기 때문이다. 좋은 사람일 수도 있고, 심지어는 주인공의 가장 친한 친구일 수도 있다. 다만 주인공과 같은 것을 원하는 바람에 악당처럼 여겨지는 것이다.

주인공이 춤 경연 대회에서 우승을 하고 싶어 하는 이야기를 상상해보자. 대회에서 꼭 일등을 해야만 하는 이유는 우승자에게 수여되는 장학금 때문이다. 이 장학금 없이는 학교에 진학할 비용을 충당할 수 없다. 여기에 강렬한 감정까지 덧붙이면 어떨까? 주인공의 엄마 역시 심각한 불치병 진단을 받기 전까지만 해도 춤을 추던 사람으로, 자식이 자신의 뒤를 이어 춤을 추기만을 바라왔던 것이다. 게다가 엄마는 살날이 앞으로 몇 페이지(혹은 몇 주)밖에 남지 않은 상황이다.

대회의 승패는 주인공과 주인공의 가장 친한 친구의 경쟁으로 좁혀진다. 이 친구는 주인공과 사실상 자매처럼 함께 자란 사이다. 그런데 하필이면 이 친구에게도 꼭 우승해야만 하는 간절한 사정이 있다. 친구의 엄마까지 병으로 죽어간다고 하면 우연이 지나친 것처럼 보일 테니, 친구의 가족은 테러범에게 인질로 잡혀 있다고 상황을 가정하자. 그 테러범은 불분명한 이유로 친구가 대회에서 우승할 것을 요구하고 있다.

각자에게는 우승해야 하는 간절한(어쩌면 그다지 설득력이 없어 보이는) 동기가 있지만, 두 사람 모두 대회에서 우승할 수는 없으므로 서로 간의 갈등이 빚어진다. 착한 사람들 사이에서도 갈등이 빚어질 수 있다는 사실을 염두에 두는 것이 중요하다. 무조건 악당이 있어야만 한다는 생각에 갇히기 쉽지만, 때로는 친밀하고 소중한 사람과 갈등을 겪는 일이 훨씬 더 힘겨울 수 있다.

로맨스 소설이라면 주인공이 친구가 짝사랑하는 상대를 동시에 좋아할 수도 있다. 셋이 다 함께 사랑하는 대안적 관계를 맺을 수도 있겠지만, 대부분의 경우 두 사람 모두가 각자 욕망하는 대상을 손에 넣기란 불가능하다. 이것이 바로 에드몽 로스탕의 시극 『시라노 드 베르주라크』와 스티브 마틴이 주연을 맡은 영화 〈록산느Roxanne〉에 깔린 전제다. 이 이야기 속 남성은 아름다운 록산느를 사랑하지만, 다른 남성이 록산느의 마음을 차지하도록 돕는다.

⚡ 친구나 가족과 같은 목표를 두고 싸운 적이 있는가? 당시 어떤 기분이었는지 떠올려보자.

_____

_____

_____

_____

_____

61

⚡ 인물은 평소 도움을 받던 상대와 대립하게 될 때 더 힘겨워하는가? 왜일지 구체적으로 생각해보자.

_____

_____

_____

_____

_____

_____

⚡ 평소라면 주인공의 편에 설 테지만, 이야기에서 아주 중요한 순간만큼은 주인공의 반대편에 서는 인물이 등장하는가? 어떤 상황에서인가?

상대할 가치가
있는 악당

주인공이 갈등을 빚을 때, 상대가 약하다면 주인공도 마찬가지로 약해 보인다. 주인공이 자신과 대등하거나 더 뛰어난 힘을 지닌 존재와 맞서 승리를 거두어야 독자가 환호할 만한 이유가 생긴다. 사자가 쥐를 무찔렀다고 감탄하는 사람은 없지 않은 가. 사자가 쥐를 쫓는 종류의 갈등은 독자를 긴장시킬 수 없다. 오히려 쥐가 기지를 발휘해(어쩌면 총기 휴대 허가를 받은 쥐일지도 모른다) 사자를 무찌른다면, 이런 상황이야말로 흥미로울 것이다.

'스타워즈 시리즈'의 첫 번째 영화 〈스타워즈 에피소드 4—새로운 희망〉을 생각해보자(나는 조지 루카스가 나를 미치게 만들 작정으로 영화에 이 따위로 번호를 매겼다고 굳게 믿는다). 이 영화에서 우리는 루크 스카이워커라는 인물을 만난다. 루크는 농부다. 심지어 시시하기 짝이 없는 수분 농장을 운영하는 농부다. 이 와중에 루크는 다스 베이더와 대적해야 하는데, 다스 베이더의 도덕적 기준이 어떤지 판단을 잠시 유보하더라도 그는 무시무시한 진짜배기 악당이다. 다스 베이더는 루크보다 훨씬 더 멋들어진 의상을 차려입고, 훨씬 더 좋은 무기를 사용하고, 게다가 매력 넘치는 제임스 얼 존스의 목소리를 가지고 있기까지 하다.

그간 한 번도 우주 전투기를 조종해본 적이 없는 루크는 영화 말미에서 데스스타를 폭발시켜야 하는 상황에 놓인다. 하지

2장 외적 갈등

만 복잡하게 생긴 X윙 전투기의 조종석에 앉아 그가 늘어놓는 말이라고는 그 전투기가 타투인 행성에서 웜프랫을 쫓아다닐 때 썼던 랜드스피더와 비슷하다는 이야기뿐이다.

여기서 잠시 상상해보자. 반란군 지도자로서 우리가 승리를 거둘 수 있는 유일한 희망을, 지금 자신이 무슨 짓을 벌이는지도 모르는 수분 농부에게 걸고 있다고 상상해보자. 착한 편이 승리할 가능성이 높아 보일까? 전혀 그렇지 않다.

바로 이렇게 주인공이 적수에게 전혀 상대가 안 되는 상황에서 낮은 승산을 뒤집어 승리를 거둘 때, 독자와 관객은 환호한다. 이 말인즉슨 주인공에게 어떤 기술을 부여한다면 적대자에게도 그만한 기술을 부여해야 한다는 뜻이다. 주인공이 적대자에 비해 훨씬 유리한 고지를 차지하고 있다면 독자는 주인공을 응원하고픈 마음을 잃고, 당연히 주인공이 이길 거라 생각할 것이다. 그러면 정말 재미없는 이야기가 되어버리고 만다.

⚡ 1점이 약해 빠진 악당, 10점이 다스 베이더 수준의 무시무시한 악당이라고 한다면, 내 이야기에 등장하는 적대자는 몇 점인가? 주인공이 승리를 거두려면 자신의 능력 이상을 발휘해야 할 만큼 충분히 강한 악당인지 생각해보자.

⚡ 주인공과 적대자의 강점과 약점 목록을 작성해보자. 둘은 어떤 부분이 잘 맞고, 어떤 상황에서 한쪽이 더 강한가? 주인공이 특히 약한 영역에서 적대자가 강한 모습을 보이도록 만들 수 있는지 생각해보자.

66

3장

내적 갈등

우리는 내적 갈등이 무엇인지 너무나 잘 알고 있다. 내적 갈등 이란 내면의 각기 다른 요소들이 원하는 목표를 향해 우리를 밀거나 당기면서 벌어지는 내면의 전투다. 내적 갈등을 일으키는 기본적인 원천은 두 가지가 있다.

서로 모순되는 욕구

건강에 좋은 음식으로 식단을 꾸리고 싶으면서도 불량 식품을 먹고 싶었던 적이 있는가? (부디 나만 그런 게 아니라고 말해주기를.) 이것이 바로 내적 갈등이다. 가족을 최우선으로 삼고 싶지만 개인적인 열정에 집중하고 싶은 것도, 글쓰기 기술을 연마하고 싶지만 "아직 시청 중이신가요?"라는 알림이 뜰 때까지 몇 시간이고 연달아 넷플릭스 드라마를 보고 싶은 것도 마찬가지다.

서로 모순되는 욕구는 내적 갈등을 일으키는 흔한 원인이다. 도널드 마스는 『베스트셀러 소설 쓰기Writing the Breakout Novel』에서 내가 가장 좋아하는 글쓰기 연습을 소개한다. 이 연습을 같이 해보자. 우선 인물이 원하는 것들을 목록으로 작성한 뒤, 이와 정반대 것들을 생각해보는 것이다. 그리고 인물이 정반대의 것들까지 동시에 원하는 상황을 고안해보자.

처음에 나는 이 과제가 불가능하다고 생각했다. 어떻게 사람이 서로 정반대인 것을 동시에 욕망할 수 있단 말인가? 하지만 연습할수록 이것이 얼마나 근본적인 진실인지, 나 또한 똑같은 딜레마에 빠진 적이 얼마나 많은지 한층 깊이 깨달았다.

우리에게 모순되는 욕구가 없다면 목표를 달성하는 일은 한층 쉬울 것이다. 그저 원하는 바를 표명하고 이를 향해 나아가기만 하면 된다. 하지만 내면의 욕구가 서로 충돌하기 때문에 목표를 달성하는 일은 한층 어려워질 수밖에 없다.

⚡ 이루기 어려웠던 목표나 포기해버린 목표를 한 가지 떠올려보자.
당시 목표를 달성하지 못하게 방해한 장애물은 무엇이었는가?
그 장애물 중 내적인 장애물이 있었는가? 혹시 외적인 장애물을
핑계로 삼았던 건 아닌지 되돌아보자.

69

⚡ 인물을 이끄는 주요 목표는 무엇인가? 내면에 어떤 모순되는 욕
구들이 존재하는지도 살펴보자. 작품에서 이 욕구들을 어떻게 보
여줄 수 있는가?

⚡ 인물은 내면의 모순되는 욕구들을 자각하는가, 부정하는가?

_____

_____

_____

_____

_____

⚡ 인물 내면의 목소리는 목표에 대해 어떤 말을 하고 있는가? "넌 할 수 있어"인가 "절대 어떤 일도 이뤄내지 못할 거야"인가?

_____

_____

_____

_____

_____

가치관과 신념

가치관이란 내면 깊이 자리 잡은 신념으로, 우리의 행동과 반응을 결정한다. 우리는 가치관을 바탕으로 무엇이 중요한지를 결정하고 인생의 우선순위를 설정한다. 가치관은 대부분 어린 시절을 함께 보낸 가족의 영향을 받아 형성되기 마련이다. 인생에서 무엇이 중요하고 중요하지 않은지를 판단할 때 가족들이 기준이 되기 때문이다.

내 경우에는 어린 시절 아빠와 함께 심부름을 다녀왔던 일이 떠오른다. 그날 아빠는 집에 막 도착했을 무렵에야 가게에서 잔돈을 더 많이 받아왔다는 사실을 깨달았다. 큰 액수가 아닌 말 그대로 '푼돈'이었고, 아마 5센트(현 기준 약 66원) 정도였을 것이다.

하지만 아빠는 나를 다시 차에 태운 다음, 교통 체증을 뚫고 시내를 가로질러 가게로 돌아가 동전을 돌려주었다. 그때 아빠는 이 돈이 내 돈이 아니라고 말하며 정직하게 행동하는 것이 중요하다고 했다. 당시 우리 집에서 정직함이란 몇 번이고 강조되는 미덕이었고, 그날 아빠의 그 말은 내 마음에 깊이 새겨졌다.

한편 거짓말을 했다는 이유로 엉덩이를 맞은 적도 있다. 당시 나는 비가 한차례 크게 내린 후, 집 근처 도랑에 오렌지 껍질을 띄워 보내며 놀고 있었다(민망하지만 케이블 텔레비전이 나오기도 전의 일이다). 그러다 아빠가 진입로에 차를 몰고 들어오는 모습을 보고는 곧바로 집 안으로 뛰어 들어갔다. 도로 바로 옆에서 노는 일이 금지였기 때문이다.

곧이어 집에 들어온 아빠는 내게 도로 옆에서 놀고 있었는지 물었고, 나는 "아니요. 저 아니었어요"라 답했다. 어렴풋한 기억으로는 아빠가 물어본다는 것 자체가 잘 몰라서라고 생각했던 것 같다. 그리고 그 대답을 들은 아빠는 내 엉덩이를 때렸다. 도로변에서 놀았기 때문이 아니라 거짓말을 했기 때문이었다(적어도 내가 들은 공식적인 이유는 그랬다).

아빠가 그렇게 행동했던 건 정의로운 존 웨인이 등장하는 서부 영화를 너무 많이 봤기 때문일 수도 있고, 할머니와 할아버지에게 그 가치관을 물려받았기 때문일 수도 있다. 어쨌든 정직함은 우리 집에서 높이 평가받는 덕목이었다. 우리 집에서는 약속이 아주 중요하며, 약속을 반드시 지켜야 할 의무가 있다는 이야기가 자주 오갔다. 지금까지도 내가 가장 견디기 어려워하는 일 중 하나가 거짓말이다. 그런 일이 벌어지면 상대와의 관계가 끝장나고 만다.

우리 집에서 강조했던 또 다른 덕목은 약속 시간을 지키는 것이었다. 나는 약속에 늦는 행위가 상대를 존중하지 않는 것이라고 배우며 자랐다. 덕분에 나는 시간을 지키지 않는 일을 극도로 싫어하는 사람이 되었고, 요즘도 초대받은 자리에 갈 때면 20~30분 정도 일찍 도착해서 먼저 주차를 해놓고는 마치 스토커처럼 차 안에 앉아 선물로 가져온 와인을 꼭 움켜쥔 채 가만히 기다린다(그리고 앉아 집 안을 들여다보며 와인을 마시기까지 한다면 정말 스토커 같을 것이다). 그런 이유로 나는 집을 나설 때마다 항상 책 같은 읽을거리를 챙겨 다닌다. 늘 몇 쪽이라도 읽을 시간이 나기 때문이다.

하지만 이렇게 생각하는 나조차도 살아오면서 몇 차례 거짓말을 했던 때가 있다. 또 다른 가치관, 이를테면 배려심을 발휘하는 게 정직하게 구는 것보다 더 중요하다고 판단한 상황이 그렇다. 혹은 거짓말 말고는 다른 선택의 여지가 없다고 생각했거나 마음이 너무 약해져서 정직하게 굴었을 때 벌어질 결과를 감당할 수 없을 거라 생각했을지도 모른다. 한번은 약속 시간에 늦을 걸 뻔히 알면서 그 당시 중요했던 어떤 일을 멈추지 못하고 계속한 때도 있다. 그리고 이렇게 가치관에 반하는 행동을 할 때면 항상 내적 갈등이 일어났다.

물론 가치관은 변할 수 있다. 어떤 가치관은 일생 동안 변함없이 유지되는 한편, 어떤 가치관은 변하기도 한다. 또 살아가며 어떤 일을 겪는가에 따라 오랫동안 소중하게 여겼던 가치관이 갑자기 그리 중요하지 않아질 수도 있다. 가치관의 변화는 시간을 두고 서서히 이루어지는 느린 진화일 수도 있고, 단한 번의 경험만으로도 세계를 보는 방식이 완전히 뒤집히는 전복적인 사건일 수도 있다.

우리는 언제나 가치관에 기반을 두고 행동한다. 직업 상담가로 일할 무렵 나는 내담자의 가치관을 파악하고 그들의 관심사, 기술, 능력, 교육 수준을 함께 살폈다. 내담자가 자신의 가치관과 상반되는 직업을 가진 경우는 대체로 불만 수준이 높게 나타나며, 현재 직장에서의 역할을 앞으로 오래 수행하지 못할 가능성이 높다.

아까 내게 정직함이 중요한 덕목이라고 이야기한 것을 기억하는가? 대학을 졸업하고 들어간 첫 직장에서 나는 개인에게 사교육을 판매하는 일을 했다. 이 일에는 혹독한 판매 기술이 필요했다. 설령 고객에게 이 교육이 잘 맞지 않는 것 같아도 회사 차원에서 그 의견은 그리 중요하지 않았다. 고객이 그 교육을 받고 난 다음에 일자리를 찾지 못할 것 같다는 판단이 들어도, 심지어 교육을 완수조차 못할 것 같다는 판단이 들어도 상관없었다. 중요한 것은 그저 어떻게든 교실을 채운 다음 돈을 받아내는 것이었다.

나는 그 직장에서 오래 버티지 못했다. 다시 출근해야 하는 월요일 아침이면 매번 구토를 했다. 업무 자체는 괜찮았다. 사람들과 만나는 일은 즐거웠고, 서류 작업도 그리 어렵지 않았으며, 사무실도 쾌적했다. 하지만 나는 그 일 자체를 싫어했다. 비열하고 부정직한 사람이 된 기분이 들었기 때문이다. 당시 나는 가치관의 갈등을 겪고 있었던 것이다.

가치관이 충돌하는 예를 좀 더 살펴보도록 하자. 아무리 정직함을 중요하게 여기는 사람이라도 음식을 살 돈이 없는데 자식이 배를 곯는 상황이라면 도둑질을 저지를까 고민할지도 모른다. 또 어떤 사람이 자립을 중요하게 여긴다 해도 이 때문에 간절히 원하는 인간관계를 포기해야 한다면 마음을 바꿀지도 모른다. 성공을 목표로 두고 열심히 달려가던 사람에게 아이가 태어난다면 어떨까? 아무리 성공이 최우선 가치였다 해도 경제적 성공을 잠시 뒤로 미룰지도 모른다. 가치관의 변화는 다른 모든 변화와 마찬가지로 어렵기 마련이며, 단 한 번의 사건으로 끝나는 경우는 극히 드물다는 사실을 명심하자.

⚡ 인물의 가치관을 목록으로 작성해보자. 아이디어가 필요하다면
아래 목록을 참고해도 좋다.

진정성	가족	평화
모험심	우정	쾌락
권위	자유	인기
자주성	재미	타인의 인정認定
균형	성장	종교
아름다움	행복	평판
대담함	정직	신망
용기	명예	책임감
평정심	자립	안전
연민	정의	자기 존중
공동체	인정人情	봉사
상식	지식	영성
창의력	지도력	안정
호기심	학습	성공
존엄성	논리	지위
평등	사랑	시의성
공정성	충절	신뢰
믿음	개방	재력
명성	낙관주의	지혜

⚡ 목록에서 인물이 중요하게 여기는 가치관 다섯 가지를 선택해보자. 그리고 여기서 특히 더 중요한 가치관 세 가지를 골라보고, 이 가치관이 각각 어디서 유래했는지 생각해보자.

변화 과정에서
벌어지는 충돌

인물은 이야기 안에서 변화를 겪으며 내적 충돌을 경험할 수 있다. 세계를 바라보는 새로운 방식, 다른 이들과 교류하는 새로운 방식을 발견해나가고 있을지도 모르고, 자기 자신에 대한 냉혹한 진실을 배워가는 중일지도 모른다. 그리고 이런 변화는 종종 가치관의 변화를 수반한다.

인물이 이야기 속에서 변화를 겪는다면 이 변화를 어떻게 느낄지 고심하자. 사람은 쉽게 변하지 않는다. 새로운 행동 양식을 정착시키기 위해 노력하는 과정에는 전진과 후퇴가 반복되기 마련이다. 어떤 한 사건만으로 별안간 변하는 사람은 극히 드물다. 그렇기에 인물이 새로운 행동 양식을 정착시키거나 세계를 보는 방식을 새롭게 정립하려 한다면, 그 행동을 시도한 다음, 과거의 방식으로 되돌아갔다가 다시 새로운 방식을 시도하려 할 것이다. 이 과정은 새로운 행동 양식이 자리를 잡을 때까지 계속해서 반복될 것이다.

⚡ 가치관과 충돌하는 상황이 발생했을 때, 어떤 방식으로 해결했는 가? 당시 어떤 기분이었는지 일기 형식으로 기록해보자.

⚡ 인물이 가치관에 반하는 행동을 하게 만들려면 어떤 사건이 필요 한가?

⚡ 인물의 가치관에 변화가 일어나고 있다면 그 요인은 무엇인가?
두 가치관 사이에서 흔들리는 상황이라면 어떻게 이 변화를 보여
줄 수 있는가?

4장

긴장감으로
갈등 유발하기

'긴장감'과 '갈등'이라는 용어는 서로 바꿔 사용할 수도 있지만, 실제 의미를 들여다보면 미묘한 차이가 있다. 긴장감은 기대심이라는 말로 가장 잘 표현할 수 있다. 언제 무슨 일이 터질 것을 알고 있는 상태에서 아직 그 일이 일어나지 않은 상황이라 보면 된다. 시한폭탄의 시간이 째깍째깍 흘러가는 상황부터 호감이 있는 상대와의 데이트 중 입맞춤을 기다리는 순간까지, 긴장감은 어떤 상황에서도 존재할 수 있다.

여기에는 긍정적 긴장감과 부정적 긴장감이 있다. 이를테면 앞으로 다가올 입맞춤을 기대하며 가슴이 두근거리는 기분을 느낄 수도 있지만, 과자 부스러기가 잔뜩 묻은 상대 입술을 보고 나초 치즈로 범벅된 축축한 입술의 습격을 받을 처지에 놓였다는 사실을 알아차릴 수도 있다. 이런 경험을 하면 트라우마가 생겨 다시는 치즈 맛 과자를 입에 넣지 않겠다고 결심하게 될지도 모르겠다.

한편 갈등은 어떤 마찰이 진행 중인 상황이다. 미리 예상하는 게 아니라, 바로 그 순간에 일어나고 있는 것이 갈등이다. 나는 갈등이 꼭 부정적일 필요는 없다고 주장한다. 서로에 대해 더 많은 것을 배우고 함께 일을 해나가기 위해서는 의견이 다를 필요도 있다. 이런 갈등은 중립적이라 할 수 있지만, 사실 갈등이 긍정적이라 여겨지는 경우는 극히 드물다.

그렇다면 긴장감과 갈등의 공통점은 무엇일까? 바로 이야기 안으로 끌어당기는 힘을 가지고 있다는 것이다. 독자는 어떤 갈등이 발생하거나 긴장감이 조성될 때 앞으로 어떤 일이 벌어질지, 이 상황에서 인물이 어떻게 반응할지 알고 싶은 마음이 생겨 계속 책을 읽어나가게 된다.

이야기가 진행됨에 따라 갈등과 긴장감은 조여지기도 하고 풀어지기도 한다. 긴장감의 완급은 심장박동에 따라 위아래 널을 뛰는 심전도와 비슷하다. 작가 입장에서는 갈등과 긴장감이 어쨌든 좋은 것이니 계속해서 엑셀을 세게 밟고 있어야 한다고 생각하기 쉽지만, 독자에게는 잠시 숨을 돌릴 수 있는 순간이 필요하다.

롤러코스터를 생각해보자. 롤러코스터는 불가능해 보이는 높이의 고지를 향해 달칵달칵 한 계단씩 느릿하게 올라간다. 이것이 바로 긴장감이 고조되는 순간이다. 탑승자들은 이제 와 내릴 방도가 없다는 사실을 잘 알고 있다. 우리가 인생에서 결정한 선택들에 의문을 품게 되는 것도 대개 이 지점에서다. 그리고 배 속의 음식들이 언제 다시 분출될지도 걱정되기 시작한다.

그리고 롤러코스터가 정점에 도달하는 순간, 탑승자들은 추락하듯 하강을 시작한다. 바로 갈등의 순간이다. 사람들은 양팔을 들어 올린 채, 부디 다른 게 쏟아져 나오지 않기를 바라면서 한껏 비명을 지르고 이제껏 쌓여온 긴장감을 해소한다.

하지만 롤러코스터는 단순히 떨어지기만 하지 않는다. 상승과 추락 사이에는 옆으로 회전하는 구간이 나오는데, 이 지점에서 탑승자들은 잠시 숨을 돌리며 생각한다. 무사히 땅에 도착하게 된다면 다시는 이 짓거리를 하지 않겠노라고. 그리고 롤러코스터는 다시 속도를 내기 시작한다. 비명을 지르는 데 필요한 공기를 폐에 채워 넣기 위해서라도 우리에게는 숨 돌릴 시간이 필요하다. 이처럼 독자에게도 숨을 돌릴 만한 여지를 남겨주어야 한다는 것을 명심하자.

독자와의
감정적 연결 고리

지금까지의 설명을 통해 긴장감 조성이 꼭 필요하다는 점을 납득했기 바란다. 하지만 어떻게 긴장감이 고조되는 순간을 창작할 수 있을까? 염려할 필요는 없다. 지금부터 그 방법들을 자세히 알아보도록 하자.

일단 독자가 인물과 감정적으로 이어질 수 있는 연결 고리를 만들어야 한다. 그렇지 않으면 갈등과 긴장감에 투자한 만큼 효과를 보기 어렵다. 예를 들어 수많은 저급 공포 영화는 대개 이런 식으로 흘러간다. 한 여성이 어두운 집 안에 혼자 앉아 있고, 라디오에서는 정신 나간 연쇄살인마가 탈주했다는 소식이 흘러나온다. 이 연쇄살인마는 주로 칼을 들고 돌아다니면서 희생자의 심장을 먹고 싶어 하는 이상 취향을 가진 인물이다.

곧이어 여성은 집 밖에서 나는 이상한 소리를 듣는다. 수상함을 감지하고 전화기를 귀에 대보지만 전화가 연결되지 않는다. 여성은 어두컴컴한 밖으로 몸을 내민다. 어쩌면 남자 친구의 이름을 부를 수도 있다. "브라이언, 당신이야? 진짜 재미없거든? 나 무섭단 말이야." 하지만 다시 이상한 소리가 들린다. 그리고 일반적인 사람이라면 절대 이해할 수 없는 모종의 이유로 여성은 소리의 정체를 알아내기 위해 정원으로 걸어 나간다. 보통 이런 경우에 티셔츠와 속옷만 입고 있을 때가 많다. 무기로 사용한답시고 신발 한 짝을 손에 든 채 말이다.

우리는 그 여성에게 나쁜 일이 벌어질 것이라는 사실을 알고 있다. 손에 칼을 든 살인마에게 갈기갈기 썰릴 수도 있고, 어둠 속에서 귀여운 개 한 마리가 짖으며 달려오는 탓에 시시하게 놀라는 데 그칠 수도 있겠지만, 여성이 주위를 둘러보고 아무것도 발견하지 못한 채 무사히 집 안으로 돌아오는 일은 결코 없을 것이다.

여성이 손전등을 들고 바깥을 돌아다니는 동안 긴장감이 조성되며, 이야기 바깥의 우리는 어떤 사건이 일어나기만을 기다린다. 그러다 여성이 공격을 당하는 순간, 혹은 그저 개 때문에 깜짝 놀라는 순간이 닥치면 우리도 앉은 자리에서 같이 움

찔 놀란다. 하지만 살인마에게 공격을 당하든, 그저 개 때문에 놀라든 우리와 별로 상관없는 일처럼 느껴질 것이다.

바로 이게 문제다. 독자가 이런 입장이 되어버리면 이야기에 집중하기가 힘들어지기 때문이다. 여성이 살인마에게 죽임을 당할지, 겨우 목숨만을 부지해 속옷 차림으로 다시 돌아올 수 있을지는 독자에게 신경이 쓰이는 중요한 문제여야 한다. 독자는 작가가 시간을 들여 묘사해 보여주어야 독자는 인물을 제대로 이해하고, 인물에게 벌어지는 일을 마치 자기 일처럼 받아들일 수 있다. 그래야 독자는 인물이 겪는 갈등에 큰 의미를 부여하며 여성이 살인마에게 심장이 먹혀버리지 않기를 바라게 되는 것이다. 바로 이런 이유 때문에 수많은 공포 영화가 중요한 인물에 대해서는 시간을 들여 많은 것을 보여주는 것이다. 이런 이야기는 우리 내면에 오랫동안 남아 몇 주 동안이나 악몽에 시달리게 만든다.

TV에서 비극적인 사건 소식을 보고는 "정말 끔찍한 일이야"라고 생각한 적 있는가? 그렇다 한들 보통은 곧바로 채널을 돌려 예능이나 드라마에 빠지기 마련이다. 하지만 우리가 아는 사람이나 관심을 가지고 있던 누군가가 비극적 사건에 연루되었다면 무슨 일이 벌어진 건지 알아내기 위해 이곳저곳을 수소문하고 다닐 것이다.

그래서 뉴스가 비극적 사건에 인간미를 부여하기 위해 최선을 다하는 것이다. 이번 허리케인이 얼마나 심각한지 이야기하는 대신, 폐허를 뒤지며 반려동물을 찾아 헤매는 사람을 인터뷰하고, 걷잡을 수 없이 퍼지는 산불을 보여주는 데 그치지 않고 야생동물이 불길을 피해 도망치는 모습, 핏빛으로 물든 하늘 아래 사람들이 손에 잡히는 대로 수레에 물건을 싣고 달려가는 모습, 불이 도로를 건너오기 전에 더 멀리 도망치려고 애쓰는 사람들을 보여주는 것도 같은 맥락에서다. 어떤 인물의 이야기를 많이 알면 알수록 그 인물이 겪는 갈등을 더 크게 신경 쓰게 되며 관심을 갖기 마련이다.

⚡ 책장에서 좋아하는 책을 두세 권 고른 뒤(드라마나 영화도 좋다),
그 안에서 마음이 쓰이는 인물과 이유를 설명하는 글을 써보자.

⚡ 내가 TV 드라마 제작자라고 상상해보자. 시청자와 인물 사이에 감정적 연결 고리를 만들려면 그 인물에 대해 어떤 정보들을 알려 주는 것이 좋은가?

주인공보다
더 많은 정보를 아는 독자

잠시 아까의 공포 영화로 되돌아가보자. 어쩌면 젊은 여성은 연쇄살인마가 돌아다니고 있다는 사실을 전혀 모른 채 그저 집 안에 앉아 차나 한잔 마시면서 독서를 즐기고 있을 수도 있다. 여성은 물론 관객도 앞으로 무슨 일이 벌어질지 전혀 모르는 상황이라고 해보자. 이런 경우에는 긴장감이 조성되지 않는다.

하지만 이 장면을 연쇄살인마의 시선으로 촬영한다면 어떨까? (살인마가 쓰고 있는 하키 마스크 사이로 촬영해도 좋을 것이다.) 살인마가 살금살금 집으로 몰래 침입한 다음, 창문을 통해 여성을 지켜보는 동안 긴장감이 고조될 것이고, 관객은 여성에게 이렇게 소리 지르고 싶어질 것이다. "집 밖으로 나가지 마!"

SF 소설을 쓰고 있다면? 전지적 화자가 우주선 엔진(실제로는 우주선 엔진을 가리키는 멋들어진 기술 이름을 넣기 바란다) 가스가 새는 모습을 직접 보여줄 수도 있고, 다른 인물이 목격하게 만들 수도 있다. 독자는 가스가 쉭쉭 소리를 내며 흘러나오는 상황을 지켜보지만, 독자가 사랑하는 주인공은 이를 전혀 눈치채지 못하는 것이다.

만약 엔진에서 폭발이라도 일어난다면 우주선에는 구멍이 뚫릴 것이고, 주인공을 비롯한 온갖 등장인물이 모두 우주 미아가 되어버릴 것이다. 그때 한 인물에게 라이터를 가지고 장난을 치게 만든다면, 이 상황을 지켜보는 모든 독자는 항문을 꽉 조인 채 폭발음이 들리는 순간만을 기다리게 될 것이다.

만약 일인칭시점이라면 주인공이 모르는 어떤 사실을 독자에게만 알려주는 게 한층 까다로울 수 있다. 하지만 불가능한 일은 아니다. 주인공이 어떤 일을 관찰하고, 듣고, 경험하게 하고는 그 일을 독자와 다른 방식으로 해석하게 만들면 된다.

로맨스 소설을 예로 들어보자. 일인칭 주인공으로 등장하는 작가 엘렌(장단을 좀 맞춰 주길 바란다)은 독신으로, 한 호화로운 문학인 모임에 참석한다. 그리고 그곳에서 근사하고 세련되고 신사다운 한 남성을 만난다. 그 남성에게는 영국 발음과 우주 비행사 같은 멋들어진 조건을 부여하자.

엘렌은 내적 독백으로 남성이 얼마나 꿈꾸던 이상형에 딱 들어맞는지 이야기할 것이다. 하지만 무슨 이유에서인지 그 남성이 자신에게 관심을 보이지 않는다고 생각한다. 한편 독자는 매력 넘치는 영국 우주 비행사가 엘렌과 나누는 대화를 읽으며 "엘렌, 이 남자는 분명 너한테 관심이 있어!"라는 결론을 내린다.

과연 엘렌은 남자의 마음을 알아차릴까, 모르고 지나칠까? 긴장감은 이렇게 독자가 애를 태우는 과정에서 피어난다. 마침내 엘렌에게도 행운이 찾아올까? 혼자 집에 돌아가 저녁 내내 개만 껴안고 있게 되는 건 아닐까?

⚡ 종이를 준비하고 위에서 아래로 선을 그어보자. 그리고 어떤 장면을 떠올린 뒤 선의 왼쪽에는 주인공이 알고 있는 사실을, 오른쪽에는 독자나 작가가 아는 사실을 적어보자. 인물에게 어떤 사실을 숨기는 방식으로 긴장감을 고조시킬 수 있는가?

⚡ 좀 전에 등장한 엘렌을 매력 넘치는 우주 비행사와 엮은 다음 무
슨 일이 벌어질지 상상해보자. 이 소재를 활용해 이야기를 써봐
도 좋다!

위험 부담 높이기

위험 부담의 중요성은 이 책의 뒷부분에서 한 장에 걸쳐 자세히 다룰 예정이므로 여기서 더 깊게 들어가지는 않겠다. 하지만 인물에게 뭔가가 중요할수록 그 무엇이 위험에 처하게 될 때, 독자가 한층 큰 긴장감을 느낀다는 사실은 반드시 이해하고 넘어가야 한다.

'반지의 제왕 시리즈'를 떠올려보자. 인물이 행복한 호빗 친구들이 가득한 사랑스러운 샤이어를 떠나 온갖 종류의 위험이 도사린 지역들을 여행한 끝에 지옥의 화염 불구덩이에 반지를 던져 넣으려 한다면, 반지가 거기까지 도착하는 것이 정말로 중요해야만 한다. 그렇지 않으면 독자는 인물이 멍청하다고 생각할 것이다.

⚡ 집필 중인 작품에서 인물이 감수하는 위험 부담은 무엇인가?

_____

_____

_____

_____

_____

93

⚡ 인물이 처음에 하려던 행동을 하지 않는다면 어떤 일이 벌어지게
되는가?

_____

_____

_____

_____

_____

_____

긴장감을 쌓는 배경

고전 영화인 〈조스〉를 만들 당시, 감독 스티븐 스필버그에게는 한 가지 문제가 있었다. 영화를 위해 제작한 거대한 애니메트로닉스(애니메이션과 일렉트로닉스의 합성어로, 정교하게 움직이는 모형을 말한다. 영화제작에 많이 활용된다 — 옮긴이) 상어가 말을 듣지 않았던 것이다. 기계 상어는 계속 가라앉기만 했다. 영화에서 가장 중요한 역할을 맡은 살인 상어가 작동을 멈추거나 가라앉기만 하니 어떤 장면도 찍을 수가 없었다. 이는 영화계에서 큰 문제라고 알려진 현상이다. 시간이 흐를수록 돈은 줄줄 샜고, 배우와 제작진은 촬영할 만반의 준비를 갖춘 상태였지만… 정작 중요한 상어가 없었다.

결국 스필버그는 이 문제를 해결하기 위한 다른 해결책을 생각해냈다. 영화의 긴장감을 고조시키기 위해 음악을 사용한 것이다. 한 소년이 튜브에 올라탄 채 물속에서 가는 다리를 첨벙거리면, 곧이어 우리가 아는 그 음악이 흘러나온다.

바밤.

화면은 마치 꼬치에 꿰인 고기처럼 버둥거리는 다리로 돌아온다. 소년의 웃는 모습이 스친다.

바밤 바밤 바밤.

관객의 불안감이 고조된다. 씹던 팝콘을 재빨리 삼켜버리고는 함께 온 사람의 손을 꼭 붙든다. 전혀 모르는 낯선 사람의 손이라도 상관없다.

화면은 다시 작은 소년의 모습을 비춘다. 한쪽 눈 위로 머리칼이 사랑스럽게 늘어져 있다. 어쩌면 해변에 있는 엄마를 찾고 있는 걸지도 모른다. 그때 해변에서 놀던 귀여운 개 한 마리가 경고의 뜻으로 짖기 시작한다.

바밤 바밤 바밤 바밤, 와작.

바람 빠진 튜브의 참혹한 모습이 붉게 물든 파도 위로 떠오른다. 개가 소리를 길게 뽑으며 울부짖는다.

스필버그는 화면 안에서 벌어지는 사건과 음악의 분위기를 대조시키며 공포심을 불러일으켰다. 관객은 아직 음악이 의미하는 바를 알지 못하더라도 무언가 나쁜 일이 벌어질 것이라는 사실을 감지하게 된다.

영화에서는 장면의 분위기를 조성하기 위해 계속해서 음악을 활용한다. 하지만 작가는 다르다. 배경음악이 완비된 인터액티브 책이나 오디오북을 제작하는 게 아니라면 독자에게 긴장감을 부여하는 데 음악의 이점을 활용할 수는 없다. 하지만 어떤 요소를 활용해 그 장면의 긴장감을 고조시킬 수 있을지 고민해볼 수는 있다. 책에서 표면적으로 드러나는 사건과는 별개로 무슨 일인가가 벌어지고 있다는 것을 어떻게 보여줄 수 있을까? 이를 위해 묘사 부분을 검토하고, 감각적 세부 사항을 끌어들여 독자에게 때 이른 실마리를 암시할 수 있는지 살펴보자.

⚡ 갈등이 고조되기 직전에 등장하는 장면을 살펴보자. 이 장면은 곧 어떤 일이 벌어질 것이라는 실마리를 알려주고 있는가?

⚡ 긴장감이 넘치거나 갈등이 고조되는 장면의 세부적인 감각 묘사
를 검토해보자. 감각 묘사로 최대한의 감정을 끌어내고 있는가?

5장

작가의 딜레마

지금까지 이야기에서 긴장과 갈등이 얼마나 중요한지를 살펴보았다. 하지만 실제로 긴장과 갈등이 부족한 경우가 이렇게나 많은 까닭은 무엇일까? 내 주변에는 출판계에서 일하는 저작권 에이전트와 편집자 친구가 많지만, "내용이 지나치게 긴장된다"는 불평은 단 한 번도 들어본 적이 없다. 이야기에서 긴장과 갈등을 충분히 녹이기 어려운 이유는 과연 무엇일까?

인물과
사랑에 빠지지 않기

작가는 자신이 창작한 인물과 많은 시간을 함께 보내며, 그렇게 탄생한 인물은 작가의 머릿속 어딘가에 자리를 잡는다. 작가가 일상을 살아가는 동안에도 인물들은 그 뒤를 따라다니며 자신이 무슨 일을 겪고 있는지 환기시키고, 다음에 어떻게 행동하면 좋을지를 계속해서 제안한다.

　그런 과정 속에서 작가는 인물에게 마음을 내주는 스스로를 발견하게 된다. 어쩌면 인물을 사랑하게 될 수도 있다. 냉혹하고 사악한 심장을 가진 작가라 할지라도 가끔은 발을 헛디뎌 상상 속 친구와 사랑에 빠지기도 하는 것이다. 그렇게 일단 마음을 내주고 나면 인물의 희망과 꿈을 짓밟아버리는 일이 자못 어려워진다. 좋아하는 누군가에게 상처 입히는 일은 대상이 상상 속 인물이라 하더라도 힘겨울 수 있다. 너무 심하게 고생시키지 않고 싶고, 마지막 순간 궁지에서 구해주고 싶은 유혹이 느껴지는 것도 어쩌면 당연하다.

　하지만 작가라면 이런 감정을 무시할 줄 알아야 한다. 내면의 연쇄살인마를 이끌어내자. 인물에게 장애물을 던져줄수록, 고생하게 만들수록 결말의 보상이 더 커진다는 사실을 명심하자. 그리고 그 무엇보다 인물이 상상 속 존재라는 것을 잊지 말자. 작품 속에서 벌어지는 일에 관해서는 현실의 그 누구도 피해를 보지 않는다.

예측할 수 없는 스토리로 열혈 독자 매료하기

다음에 일어날 사건의 플롯을 짤 때, 머릿속에 처음 떠오르는 생각을 그대로 가져다 쓰고는 서둘러 다음 지점을 향해 나아가는 경우가 있다. 이러다 보면 스스로에게 되묻는 기회를 놓치고 만다. "가능한 한 상황을 안 좋게 만들었을까?" "갈등을 최대한 쥐어짰을까?" "손쉬운 첫 번째 해결책에 안주한 건 아닐까?"

앞서 언급한 도널드 마스는 자신의 작법서와 워크숍에서 다음에 벌어질 가능성이 있는 사건들을 브레인스토밍하여 전부 목록으로 작성해볼 것을 권한다. 그리고 이 중 가장 뛰어난 착상은 보통 목록의 아래쪽에서 발견될 때가 많다는 점을 지적한다. 아무것도 없는 곳에서 무언가가 튀어나올 때만 독자가 놀라는 것이 아니다. 전혀 예상치 못한 방식으로 행동하는 인물도 놀라움의 요소가 될 수 있다.

독자 중에는 작가가 가장 좋아하는 부류의 독자라고 할 수 있는 열혈 독자가 있기 마련이다. 열혈 독자는 가끔씩 책을 펼쳐보는 사람들이 아니다. 이들은 책을 읽어 치운다. 이런 열혈 독자는 서점을 지나칠 때마다 도저히 뿌리칠 수 없는 인력 광선에 빨려 들어가기에 독서 경험이 풍부할 수밖에 없다.

그 덕에 열혈 독자는 인물이 어떤 경험을 할지, 이야기에서 어떤 일이 벌어질지를 쉽사리 예측할 수 있다. 만약 이런 열혈 독자조차 전혀 예측하지 못한 방식으로 인물의 반응을 그려내거나 깜짝 놀랄 장면들을 펼쳐나간다면, 독자는 허리를 반듯이 세우고 앉아 사태를 주목할 것이다. 인물이 특정 상황을 어떻게 빠져나가면 좋을지 고민될 때, 머릿속에 첫 번째로 떠오르는 해결책은 독자도 가장 먼저 떠올릴 가능성이 높은 해답이라는 사실을 명심하자.

갈등이 너무 지나친가
하는 걱정

어떤 작가는 인물에게 안 좋은 일이 지나치게 많이 일어나면 비현실적으로 보일까 우려하기도 한다. 하지만 작품은 현실의 삶과는 다르다.

『바람과 함께 사라지다』속 스칼렛 오하라를 생각해보라. 스칼렛이 사랑하는 남성은 다른 여성과 결혼한다. 게다가 스칼렛은 전쟁통에서 살아남아야 하고, 사랑하지도 않는 남성과 결혼해서 계획에도 없는 임신을 하고, 첫 남편의 죽음을 겪고, 여동생의 약혼자와 재혼하고, 어머니의 죽음과 아버지의 죽음을 지켜보고, 두 번째 남편마저 떠나보낸 뒤 다시 한번 재혼을 하고(이번에는 무뢰한과), 딸을 출산하고, 그 딸의 죽음을 겪고, 아이를 유산하고, 고향 마을이 전소되는 모습을 지켜보고, 전쟁 한복판에서 아이를 낳는다.

그리고 마침내 그 무뢰한을 진심으로 사랑한다는 사실을 깨닫는 순간, 그는 더 이상 스칼렛을 사랑하지 않는다고 말한다. 심지어 이건 큰 갈등만 짚은 수준에 불과하다. 이외에도 스칼렛은 가족을 돌보고, 친구를 상대하고, 사업을 시작하는 한편 중요한 행사 자리에 무엇을 입고 가야 할지까지 고민해야 한다.

물론 이야기에 이 정도까지 갈등을 등장시켜야 하는 건 아니다(하지만 그러면 안 될 이유도 없다). 다만 앞으로 집필할 때 갈등이 지나치게 심하다는 생각이 들 때면 스칼렛을 떠올리자.

스칼렛은 작가가 어떤 고난을 던져주든 점심 식전에 해치워버리고는, 커튼을 떼어내 드레스를 만들 시간까지도 낼 수 있을 것이다.

독자는 복잡하고 어려운 곤경에 처한 인물이 어떤 과정을 거쳐 궁지에서 빠져나오는지 보고 싶어 한다. 상황이 복잡할수록, 문제가 클수록, 갈등이 심각할수록 인물이 마침내 그 상황을 극복했을 때 독자가 환호를 보낼 이유가 커지는 법이다. 이때 갈등을 키우기 위해서는 새로운 갈등을 덧붙이는 것보다 이미 존재하는 갈등 중 일부를 골라 규모를 키우는 편이 훨씬 더 쉽다.

갈등은 겹겹이 쌓아 올릴 수 있다. 인물이 문제를 해결하기 위해 어떤 행동을 취할 때, 그 행동에서 새로운 문제가 불거지는 것처럼 말이다. 회사 회식 자리에 참석하고 싶지 않은 인물을 예로 들어보자. 그는 다른 일 때문에 회식에 참석하지 못할 것 같다는 핑계를 대며 거짓말을 한다. 하지만 거짓말을 들은 사람들이 여러 가지 추측을 하는 바람에 그는 거짓말을 뒷받침하기 위해 한층 자세하고 새로운 거짓말을 늘어놓을 수밖에 없는 처지에 몰린다. 그리고 상황은⋯ 걷잡을 수 없을 정도로 악화되어 통제할 수 있는 영역에서 벗어나버리고 만다.

갈등을 마주하기
두렵다면

작가가 갈등을 회피하려는 또 다른 이유는 이야기 안에서 그 갈등을 어떤 식으로 해결해야 할지 모르기 때문이다. 스스로를 빠져나갈 길이 없는 궁지에 몰아넣을까 봐 두려운 마음이 들 수도 있다. 인물을 어려운 상황에 몰아넣을수록 작가 또한 곤란한 상황에 처할 수밖에 없다. 하지만 걱정하지 말자. 당신이 이 문제를 두고 자신의 능력에 의심을 품은 최초의 작가는 아닐 것이다(그리고 마지막 작가도 아닐 것이다).

물론 끝까지 밀어붙여 자신의 능력을 시험하는 것보다 인물을, 그리고 작가인 자신을 곤경에 빠뜨리지 않고 문제 상황을 슬쩍 피해가는 편이 훨씬 쉬운 게 당연하다. 하지만 자신이 가진 작가로서의 능력을 신뢰해야 한다. 시간이 꽤 걸리겠지만, 또 책상에 머리를 몇 번 박게 될지도 모르지만 고민을 거듭하다 보면 끝내 이 난국을 헤쳐나갈 능력을 발휘할 수 있을 것이다.

도나 바커는 『어떻게든 완성시켜드립니다』에서 원고를 쓰려는 욕망에 방해가 되는 요소들을 살핀 후, 과학적 사실과 연구 결과를 이용해 대응 전략을 구성한다. 대부분의 작가는 글을 쓰는 과정 어딘가에서 두려움에 사로잡히는 법이다. 두려움은 엉망진창인 초고를 쓰는 도중 엄습할 수도 있고, 열 번째로 고쳐 쓰는 중에 나타날 수도 있다.

작가는 자신의 머릿속에 들어 있는 이야기를 독자가 제대로 이해하기를, 이것이 이야기가 최고의 형태로 완성되기를 바란다. 그리고 자기만큼이나 독자도 이 이야기를 사랑하기 바란다. 하지만 이런 와중에 이야기를 완성해내는 자신의 능력에 의심을 품게 될 수도 있다.

인물이 마주한 난관을 어떻게 해결해야 할지를 두고 고민 중이라면 다른 작가들과 브레인스토밍을 해보는 것도 좋다. 생각을 크게 펼치고 착상이 제멋대로 뻗어나가게 하자. 그리고 이 일을 해낼 수 있다는 사실을 명심하자. 당신은 어떤 상황이라도 글로 타개할 수 있는 솜씨 좋은 이야기꾼이다. 기억하자. 꼭 필요하다면 갈등은 언제든지 느슨하게 만들 수 있다. 글을 고쳐 쓰는 단계에서 갈등의 강도를 낮추는 일은 강도를 높이는 것보다 언제나 쉽기 마련이다.

⚡ 작품 속에서 갈등을 아끼며 인물을 너무 쉽게 봐주고 있는 것은 아닌지 생각해보자. 갈등을 더 밀어붙이지 못하고 한발 물러났다면 그 이유는 무엇인가? 갈등의 어떤 요소가 두렵거나 불편한가?

_____

_____

_____

_____

105

⚡ 인물이 겪을 수 있는 모든 갈등을 목록으로 작성해보자. 한계를 두지 않는 것이 중요하다. 그리고 각각의 목록에 두 가지를 더 덧붙여보자. 이 중 이야기에 넣을 만한 갈등이 있는가?

_____

_____

_____

_____

_____

6장

갈등에 대응하는 방식

이 장에서는 인물이 갈등에 반응하는 각기 다른 방식을 자세하게 살펴볼 예정이다. 하지만 이에 앞서 사람의 동물적 두뇌가 어떤 식으로 작용하는지 이해해보자.

우리 뇌는 진화의 산물이며 진화를 이끄는 힘은 부분적으로 생존을 향한 압도적인 욕망에서 온다. 우리 뇌는 생존을 보장하기 위해 끊임없이 필요(욕구)와 위협(갈등)을 평가하도록 설계되어 있다. 어떤 갈등이나 위협이 닥치면 뇌에서는 이에 대응하는 몇 가지 화학작용이 발생하고, 그 결과 코티솔이 생성된다. 코티솔은 뇌가 발동하는 초기 경고 체계라고 할 수 있다.

코티솔은 신체가 위협에 대응하도록 돕는 역할을 한다. 예를 들어 산에서 곰을 마주치고 도망쳐야 할 필요를 감지하면 코티솔은 소화계 작동 속도를 늦춘다. 곰의 간식이 되려는 상황에서 방금 먹은 햄버거의 배출 신호가 오기를 바라는 사람은 없지 않은가. 모든 신체 조직이 우선순위에 집중해야 하며, 그 순간에는 음식을 소화시키는 것보다 심장박동 수를 높이는 일이 훨씬 더 중요하다.

하지만 뇌는 감정적 고통과 신체적 고통의 차이를 분간하지 못한다. 이 말인즉슨 어슬렁거리며 내 뒤를 쫓아오는 사자와, 내 마음을 갈가리 찢는 사람의 차이를 분간하지 못한다는 뜻이다. 뇌는 두 상황에 똑같은 방식으로 반응한다. 오랜 시간에 걸친 진화를 통해 여러 뛰어난 특질이 발달했음에도 뇌에는 여전히 커다란 결점들이 남아 있다. 이처럼 온갖 종류의 스트레스와 고통을 처리하는 동안 체내에는 코티솔이 과도하게 축적될 수 있다.

하지만 진짜 문제는 따로 있다. 사자의 습격에서 도망치는 일은 도망치기만 하면 끝나지만, 나에게 상처주는 사람과 관계 맺는 일 같은 감정 문제는 고통이 완화되는 기간도 없이 몇 달이나 몇 년에 걸쳐 지속될 수 있다는 점이다. 문제 상황이 장기간 지속되면 코티솔이 마구잡이로 분비되고, 그 결과 체내에 코티솔이 지나치게 많이 축적되면 우울증, 불안감, 체중 증가, 심장병, 불면증 같은 증상이 나타난다.

연구에 따르면 뇌는 위협이나 갈등과 마주할 때 투쟁, 도피, 경직, 복종 중 한 가지 방식으로 반응한다. 뇌의 화학작용을 변화시켜 부정적인 문제에 한층 잘 대처할 수 있는 방법을 배우고 싶다면 로레타 그라지아노 브루닝이 쓴 『긍정의 과학The Science of Positivity』을 참고하기 바란다. 이 주제를 한층 상세하게 다루고 있는 책이다.

뇌는 고통이나 위험이 닥칠 때마다 이 기본적인 네 가지 반응 중 하나를 보이도록 설계되어 있다. 이런 반응은 종종 머릿속으로 판단을 내릴 겨를도 없이 본능적으로 발현되기도 한다. 인물이 어떤 갈등 상황을 맞아 어떤 반응을 보일지 플롯을 짤때, 작가는 인물의 뇌가 이 네 가지 반응 중 하나를 따르고 싶어한다는 사실을 이해하고 있어야 한다.

아직 갈등이 목전에 닥치지 않았다면, 쉽게 말해 곰이 바로 발끝까지 쫓아온 상황이 아니라면 이성적인 사고로 뇌의 화학반응을 억누를 수도 있다. 하지만 그럴 때도 화학작용이 발생한다는 사실 자체는 변하지 않는다. 자, 그렇다면 이제 이 네 가지 반응 양식을 좀 더 자세히 살펴보자.

투쟁 반응

투쟁 반응이 나타난다는 것은 우리 뇌가 이렇게 말한다는 뜻이다. "앗, 문제가 발생했다! 해결해야 해!" '투쟁'이라는 선택지를 선택할 때는 아주 신중해야 한다. 투쟁에는 부상을 비롯해 여러 위험이 내포되어 있기 때문이다. 야생에서 부상을 입는다면 값비싼 대가를 치러야 한다. 무리와 보조를 맞추지 못하면 낙오되고, 고립되고, 심지어는 동료에게 먹힐 위험까지 감수해야 하기 때문이다. 그러므로 뇌는 주먹을 휘두른다는 결정을 내리기 전에 투쟁 반응이 좋은 결과를 낼 가능성이 높은지 숙고한다.

갈등을 사자로, 사람을 토끼로 비유를 들어보자. 사자를 마주한 토끼는 아마 도저히 상대가 안 되겠다는 판단을 내릴 것이다. 야생에서 토끼가 사자한테 덤벼드는 광경을 좀처럼 볼 수 없는 데는 다 그만한 이유가 있는 법이다. 사람도 마찬가지다. 만약 갈등을 마주했을 때 투쟁 반응을 보인다면, 그건 본인이 이길 수 있는 상황이라고 믿거나 그 밖에 다른 선택지가 없다고 판단했기 때문이다. 아무리 연약한 토끼라도 상황을 벗어날 다른 대안이 전혀 없다면… 사자에게 덤벼들지도 모른다.

⚡ 인물이 살아남기 위해 투쟁을 선택하는 상황이 등장하는지 살펴
보자. 그것이 과연 좋은 선택인가? 만약 질 가능성이 높다면 인물
이 그 사실을 이해하고 있는지 확인해보자.

⚡ 결국 인물이 주먹을 휘두를 수밖에 없는 상황으로 내모는 것은 무
엇인가?

110

도피 반응

갈등과 마주했을 때 도피하는 선택이 용감하거나 고결해 보이지는 않겠지만, 사실 따지고 보면 극히 논리적인 선택지다. 실제로 도피는 포유동물이 위협에 대응할 때 가장 흔하게 보이는 반응이다. 아무것도 잃지 않고 위기 상황에서 벗어날 수 있다면 아마 모두가 이 방법을 선택할 것이다. 야생에서는 별것 아닌 가벼운 상처라 해도 포식자의 공격 대상이 되거나 감염에 취약해져 죽음에 이를 위험에 처할 수 있기 때문이다. 인간의 뇌도 "싸움은 다음으로 미루는 게 합리적인 것 같아. 다리야, 날 살려라!" 하고 생각하도록 설계되어 있다.

하지만 그렇다면 왜 매번 도망치지 않는 걸까? 이 질문에 답하려면 다시 한번 생존의 문제로 돌아와야 한다. 굶주린 상태에서 내 저녁밥을 노리는 누군가와 대립해야 한다면, 이 싸움에서 이겨야 목숨을 부지할 수 있다면 우리는 아마 도망치지 않고 버틸 것이다. 하지만 싸우지 않아도 하루를 더 살아남을 수 있다고 판단하면 그 순간에는 도피가 더 나은 선택지라고 생각할 것이다.

도피는 갈등을 회피하는 수단이다. 다음 장에서는 인물이 갈등을 회피하려는 여러 가지 다양한 이유를 살펴볼 텐데, 우선 여기서는 도피 반응이 고통을 피하려는 수단이라는 사실만 기억해두자. 이때 고통은 신체적 고통일 수도 있고 감정적 고통일 수도 있다. 어찌 되었든 멍청한 우리 뇌는 둘 사이에 차이가 있다는 사실을 이해하지 못한다.

⚡ 인물이 갈등에서 도망치는 상황을 가정하자. 인물은 그 결정에
  대해 어떻게 느끼는가? 스스로에게 실망하는가?

_____

_____

_____

_____

_____

⚡ 인물의 주위 사람들은 그 결정에 대해 어떻게 생각하는가?

_____

_____

_____

_____

_____

_____

_____

⚡ 인물이 도피하지 않고 맞서 싸운다면 신체적 상처와 감정적 상처 중 어떤 상처를 입을 위험을 감수해야 하는가? 반면 맞서 싸우지 않고 도피한다면 어떤 위험 부담을 감수해야 하는가?

_____

_____

_____

_____

113

⚡ 이 싸움에서 인물은 사자인가, 토끼인가?

_____

_____

_____

_____

_____

_____

경직 반응

'전조등 앞의 사슴'이라는 표현을 들어본 적 있는가? 이 표현은 갈등과 마주쳤을 때 그 자리에서 경직되고 마는 동물의 본능적인 습성을 뜻한다. 어떤 동물은 싸우지도, 도망치지도 못할 것 같다는 판단을 내리면 그 자리에 얼어붙은 듯 멈춰버리는 선택을 하기도 한다. 포식 동물에게 "여기는 볼 게 아무것도 없어. 어서 다른 곳으로 가"라고 설득하기 위해 심장박동과 호흡을 늦추고 그 자리에서 꼼짝하지 않는 것이다.

영화 〈쥐라기 공원〉의 팬이라면 티라노사우루스와 마주쳤을 때, 그 자리에서 움직이지 않고 멈춰 있어야 살아남을 가능성이 높다는 사실을 알고 있을 것이다. 자리를 박차고 뛰어나가는 사람은 공룡의 간식이 되고 만다. 티라노사우루스와 달리기 시합을 해서 이길 수 있는 사람은 거의 없기 때문이다.

살면서 공룡을 마주할 기회는 거의 없겠지만, 그 외에도 경직 대응이 효과를 발휘할 만한 상황은 여러 가지가 있다. 나는 곰이 출몰하는 지역에 살고 있는데, 봄이 올 때마다 시 당국에서는 잘 만든 '곰 조심' 전단지를 배포한다. 이 전단지에는 쓰레기봉투를 잘 묶는 방법부터 곰과 마주쳤을 때 도망치지 말아야 한다는 경고까지 온갖 종류의 도움이 될 만한 곰 대응 전략이 꼼꼼하고 친절하게 소개되어 있다. "먹잇감이 뛰어가면 곰은 그 뒤를 쫓을 수도 있습니다." 무슨 뜻이냐고? 곰과 마주치면 꼼짝 말고 가만히 있으라는 뜻이다.

회사에서 무슨 일인가가 크게 잘못되어 상사가 격노에 휩

싸여 책임을 물을 누군가를 찾고 있다면 어떨까? 아마 직원들은 칸막이 안에 얼어붙은 듯이 웅크리고 앉아 어떤 소란에도 절대 고개를 들지 않을 것이다. 상사의 관심을 받는 상황은 어떻게든 피하고 싶기 때문이다. 부모가 옆 방에서 화를 낼 때, 아이가 다른 방에서 꼼짝하지 않고 가만히 멈춰 있는 것도 같은 이유에서다.

⚡ 인물이 마주쳤을 때 경직 반응을 보이는 상대, 즉 인물의 인생에서 티라노사우루스는 누구 혹은 무엇인가?

_____

_____

_____

_____

_____

⚡ 경직 반응을 보일 때 인물은 어떤 기분을 느끼는가?

_____

_____

_____

_____

_____

작가들을 위한 사전 시리즈

트라우마 사전

작가를 위한 캐릭터 창조 가이드

안젤라 애커만, 베카 푸글리시 지음 | 임상훈 옮김

딜레마 사전

작가를 위한 갈등 설정 가이드

안젤라 애커만, 베카 푸글리시 지음 | 임상훈 옮김

트러블 사전

작가를 위한 플롯 설계 가이드

안젤라 애커만, 베카 푸글리시 지음 | 오수원 옮김

캐릭터 직업 사전

작가를 위한 인물 창작 가이드

안젤라 애커만, 베카 푸글리시 지음 | 최세민, 김흥준, 박규원,
서연주, 이두경, 이학미, 최윤영 옮김

디테일 사전 도시편 ⊗ 시골편

작가를 위한 배경 연출 가이드

안젤라 애커만, 베카 푸글리시 지음 | 최세희, 성문영,
노이재 옮김

나만의 이야기가 작품이 되는 순간

묘사의 힘

'말하는' 문장을 '보여주는' 문장으로

샌드라 거스 지음 | 지여울 옮김

시점의 힘

독자는 모르는 작가의 비밀 도구

샌드라 거스 지음 | 지여울 옮김

첫 문장의 힘

서두에 반드시 등장해야 하는
4가지 필수 플롯

샌드라 거스 지음 | 지여울 옮김

퇴고의 힘

이야기를 작품으로 만드는 실전 퇴고 스킬

맷 벨 지음 | 김민수 옮김

빌런의 공식 ⊗ 히어로의 공식

독자의 마음을 사로잡는 캐릭터 만들기

사샤 블랙 지음 | 정지현 옮김

좋은 글을 짓는 마법의 시간

레버리지 독서

세상을 바꾼 타이탄들의 책읽기

마틴 코언 지음 | 김선희 옮김

문장 교실

베스트셀러 작가이자 현직 교사가 들려주는
글쓰기 비법

하야미네 가오루 지음 | 김윤경 옮김

매일, 단어를 만들고 있습니다

언어와 사랑에 빠진 사전 편집자의
특별한 이야기

코리 스탬퍼 지음 | 박다솜 옮김

문장의 일

최고의 문학이론가 스탠리 피시의
문장 수업

스탠리 피시 지음 | 오수원 옮김

카피 공부

더 적은 말로 더 많은 이야기를 하는 법

핼 스테빈스 지음 | 이지연 옮김

⚡ 다른 사람이 공격당하는 모습을 볼 때 인물은 목소리를 높이며 나
서는가, 아니면 얼어붙은 채 가만히 굳어 있는가?

117

복종 반응

포유동물이 위협에 대처하는 마지막 대응 방식은 복종 혹은 아첨이다. 늑대와 유인원을 비롯한 수많은 포유동물 집단에는 엄격한 서열 구조가 존재하며, 집단 속에서 살아가는 동물은 자신의 서열을 명확하게 알고 있다.

서열이 낮은 동물은 자기보다 높은 서열인 동물과 마주하면 복종의 신호를 보인다. 상대의 눈을 똑바로 쳐다보지 않도록 시선을 피하거나, 몸을 구부정하게 굽히거나, (우리 집 개가 가장 좋아하는 선택지처럼) 등을 바닥에 대고 벌러덩 누워 배를 보이는 식이다(또 누가 알겠는가? 복종의 신호를 보이면 상대가 배를 기분 좋게 긁어줄지도). 서열이 낮은 동물은 서열이 높은 상대를 정면으로 상대하면 공격을 당하거나 다른 문제가 발생할 수 있다는 걸 알고 있기 때문에 '네가 우두머리라는 걸 잘 알고 있어'라는 생각을 제대로 전달하려 노력한다.

남을 괴롭히는 부류의 사람에게 일부러 친절하게 구는 사람을 본 적 있을 것이다. 이들은 남을 괴롭히는 못된 사람에게 오히려 한층 상냥하게 대한다. 화를 쏟아붓는 표적이 되는 일을 피하기 위해서다. 심지어 친절한 사람보다 못된 사람에게 훨씬 더 사근사근하게 굴지도 모른다.

직장인이라면 상사와 그의 '훌륭한' 아이디어를 추어올린 적이 한 번쯤은 있을 것이다. 엄밀히 말하자면 그게 내가 낸 아이디어라 해도 누가 신경이나 쓴단 말인가? 우리는 상사와 논쟁을 벌여봤자 아무 소용이 없다는 사실을 잘 알고 있다. 이런 행동도 일종의 아첨인 셈이다.

　만약 인물이 지배적인 성격의 상대, 언제든 자신이 상황을 통제해야만 하는 상대와 결혼했다고 하자. 인물은 배우자가 기분이 좋지 않다는 사실을 감지하면 어깨를 주물러주고, 서둘러 칵테일을 만들어 대령하고, 보고 싶은 TV 프로그램이 있어도 끽소리 없이 리모컨을 양보하는 식으로 비위를 맞추려 들 것이다. 이는 배를 내보이는 행동이다. 상대가 나보다 서열이 높다는 사실을 인정함으로써 갈등을 피하려는 바람이 담겨 있는 것이다.

⚡ 인물은 갈등에 대한 대응책으로 복종 반응을 보인 적이 있는가?

_____

_____

_____

_____

_____

⚡ 복종 반응을 보일 때 인물은 스스로에 대해 어떤 기분을 느끼는가?

_____

_____

_____

_____

_____

_____

⚡ 자신에게 아첨을 부리는 상대를 마주하면 인물은 어떤 반응을 보이는가?

2부

갈등을 활용한
스토리

7장

성격 유형별
갈등 대처법

작가의 관점에서 보는 갈등과 갈등에 대한 동물의 본능적 반응에 대해 알아보았으니, 이제는 인물의 관점에서 갈등을 이야기해볼 차례다. 그 전에 우선 가상 인물이 아닌 현실 속 사람들이 어떻게 갈등에 대처하는지부터 살펴보도록 하자.

이 시리즈의 첫 번째 편인 『빠져들 수밖에 없는 캐릭터』를 읽은 사람이라면 내가 전에 상담가로 일했다는 사실을 알고 있을 것이다. 나는 입체적이고 현실적인 인물을 창작할 때면 상담가 시절에 받은 훈련에서 도움을 많이 얻곤 한다. 심리학자들은 사람들이 왜, 어떻게 특정 양식에 따라 행동하고 반응하는지를 이해하기 위해 인간 행동의 모든 측면을 대상으로 수없이 많은 연구를 수행해왔다. 나는 여기에서 지난 상담가로서의 경험을 뒷받침 삼아 인간이 갈등에 어떻게 반응하는지 설명해보려 한다.

『빠져들 수밖에 없는 캐릭터』에서 말했듯이 작가는 서점이나 도서관의 자기계발 부문에서 귀중한 자료들을 찾을 수 있다. 이야기 속 인물이 어떤 상황에 처했든, 어떤 갈등과 마주했든 그 상황과 갈등에 대처하는 방법을 자세하게 다룬 자기계발서가 반드시 있을 것이다. 이런 책을 살피다 보면 특정 갈등 상황에서 사람들이 어떤 방식으로 반응하는지 알 수 있을 뿐만 아니라 작품에 대한 착상도 얻을 수 있다.

회피 성향

갈등과 마주할 때 가장 흔하게 나타나는 반응은 바로 회피다. 긴장과 충돌을 초래하는 상황이나 사람과 엮이고 싶지 않은 건 당연한 일이다. 앞서 동물의 대응 방식을 이야기할 때 언급한 것처럼 실제로 도피가 가장 안전한 대응책일 때가 많다. 물러날 수 있는데 왜 굳이 상처 입을 위험을 감수하겠는가? 하지만 본능적인 이유 외에도 사람들이 갈등을 회피하는 데는 여러 이유가 있다. 그중 몇 가지를 함께 살펴보자.

성장 배경

갈등을 회피하는 가정에서 자란 인물은 같은 경향을 보일 가능성이 높으므로, 갈등을 다룰 때는 인물의 가족을 고려하자. 온갖 주제를 둘러싸고 쉽게 싸움을 벌이거나 감정을 폭발시키는 가정이 있는가 하면, 목소리를 높이는 일조차 극히 드문 가정도 있기 마련이다(그렇다고 속에서 화가 부글부글 끓지 않는 것은 아니다). 인물은 성장 과정에서 어떤 갈등 대응 방식을 익혔을까? 우리는 어린 시절에 일찍이 익힌 대응 방식을 어른이 된 후에도 계속해서 반복적으로 사용한다.

과거 경험

'한 번 물리고 나면 두 번째는 조심하기 마련'이라는 표현을 들어본 적 있을 것이다. 안 좋은 경험을 하고 나면 다시는 같은 경험을 되풀이하려 하지 않는다는 뜻이다. 뜨거운 난로에 손을 한 번 데이고 나면 다음부터는 조심하게 되는 것과 마찬가지다. 과거에 갈등으로 안 좋은 경험을 한 적이 있다면 또다시 갈등 상황에 대처하는 일이 꺼려질 수밖에 없다.

회피 성향의 인물을 창작할 때는 그 인물의 과거 인간관계를 고려해보자. 과거에 누군가와 갈등을 자주 겪었다면 인물은 무리를 해서라도 그 사람과 갈등을 빚지 않도록 조심할 가능성이 높다. 어쩌면 더 나아가 그 누구와의 갈등이라도 피하려 들수 있다.

무시당하는 감정

건강한 갈등 상황의 목표는 문제를 논의하고 앞으로 나아갈 방도를 협의하는 것이다. 내 생각은 전혀 존중하지 않고 자기주장만 하는, 다른 의견을 무시하는 상대와 갈등을 빚고 나면 그 상대와는 어떤 소통도 하고 싶지 않을 것이다. 어차피 문제를 해결할 가망이 없는데 무엇 때문에 수고를 들이겠는가?

나누고자 하는 의견이 무시되는 것만큼 좌절감을 주는 일도 없다. 지배적 성향의 사람들은 종종 말수가 적은 쪽의 의견을 깔아뭉개버리며 논쟁을 주도하려 드는데, 만약 인물이 말수가 적은 쪽이라면 그런 상대와는 계속해서 애를 쓸 가치가 없다고 판단할 수도 있다.

자신감 부족

자신감은 인생을 살아가며 쓸모가 많은 자질 중 하나다. 그토록 많은 책과 팟캐스트에서 자신감 키우는 방법을 주제로 다루는 이유도 그래서인지 모른다. 자신감이 부족하면 자기 의견이 다른 사람의 의견만큼 중요하거나 설득력 있다고 생각하지 못할 수 있다. 심지어 타인이 반대를 표하기까지 한다면 불안도가 높은 인물은 토론 자체를 회피해버리고 만다. 타성적으로 상대의 의견이 늘 옳다고 생각해버리기 때문이다. 심지어는 자기가 옳다는 사실을 알고 있을 때도 혼자 '누가 내 말을 듣고 싶어 하겠어?'라고 믿어버린 채 의견을 피력하지 않기도 한다.

지나친 배려

공감 능력이 뛰어난 인물이라면 다른 사람의 의견에 굳이 반대하여 상대에게 상처를 주고 싶지 않다는 이유로 갈등을 회피해버릴 수도 있다. 하지만 진정한 공감 능력을 발휘해 타인을 배려하는 것과 상대의 비위를 맞추려 드는 것은 종이 한 장 차이다.

비위를 맞춘다는 것은 상대를 행복하게 만들기 위해 자신의 욕구를 상대의 욕구 아래에 놓는다는 의미다. 그렇다면 내가 만든 인물은 다른 사람의 행복에 얼마나 큰 가치를 둘까? 다른 이의 행복을 자신의 이익보다 우선으로 여기는 성향일까?

하지만 유의해야 할 점이 있다. 바로 상대가 갈등이 벌어져도 상처를 받기는커녕 전혀 기분이 상하지 않는 성격일 수도 있다는 것이다. 이때 중요한 것은 상대가 기분 나빠 할지도 모른다는 자기만의 인식 때문에 갈등을 회피한다는 사실이다. 앞서 성장 배경과 과거의 경험이 갈등 회피에 어떤 영향을 주는지 살펴본 것처럼, 어쩌면 이런 반응은 인물의 과거사가 다른 사람을 대하는 방식에 영향을 끼쳤기 때문일지도 모른다.

불명확한 의견

갈등이 발생하는 이유는 의견에 차이가 있기 때문이다. 그리고 이 말은 곧 각자가 어떠한 의견을 가져야만 한다는 뜻이다. 의견을 내야 하는 질문을 받았는데, 문득 자신의 의견이 없다는 걸 깨달은 적이 있는가? 한 번도 생각해보지 못한 문제여서일 수도 있고, 더 많은 정보가 필요하다고 느껴서일 수도 있다. 어찌 되었든 어떤 문제를 두고 자신의 입장을 확실히 하지 못하면 논쟁에서 제대로 된 주장을 펼치기가 어렵다.

작품 속 인물은 의견을 피력하기 앞서 그 문제의 모든 측면을 빠짐없이 파악해야 한다고 생각하는 타입일까? 어쩌면 인물은 자기 의견에 담긴 가치관이 옳은지에 대해 고민하고 있을지도 모른다.

상실에 대한 두려움

갈등 끝에 어떤 결과를 맞이할지는 상황마다 천차만별로 다르다. 예를 들어 보통의 연인이라면 저녁 메뉴로 파스타를 먹을지, 스시를 먹을지 싸우면서도 관계가 위험에 처할지 모른다는 염려는 하지 않을 것이다. 하지만 아이를 가질지, 가지지 않을지의 문제를 두고 갈등 중인 부부라면 기나긴 다툼 끝에 결국 헤어지는 결말을 맞을 수도 있다. 장기적으로 봤을 때 갈등을 회피하는 일이 별로 도움이 되지 않을지도 모르지만, 단기적으로는 고통스러운 이별을 지연하는 수단이 될 수 있다.

상실에 대한 두려움이 갈등 회피의 동기로 작용하는 또 다른 예를 살펴보자. 한 직원이 상사의 기대만큼 일을 잘 해내지 못하고 있다는 생각이 든다면, 이 문제는 가능한 한 나중에 논의하고 싶을 것이다. 곪아버린 온갖 문제가 터져 나와 혹여라도 해고되지는 않을까 두렵기 때문이다. 싸움을 벌인 뒤 잃게 될 무언가가 너무나도 소중한 것이라면 아마 인물은 아예 싸움 자체를 회피하려 들 것이다.

더 이상의 문제는 사절

혹시 인물이 기진맥진한 상태는 아닐까? 아주 오랫동안 물살을 거슬러 오르며 헤엄쳐 오지는 않았을까? 개인적 삶과 더불어 가족, 친구, 일, 가정에 모두 책임을 다하기 위해 고군분투해왔다면 이 힘겨운 상황에 굳이 또 다른 논쟁거리를 더할 가치가 없다고 생각할지도 모른다. 또 다른 문제를 해결할 능력도, 기운도 남아 있지 않기 때문이다. 어떤 문제든 마찬가지다.

다른 때였다면 중요하게 여겼을 문제라도 포기해버릴 수 있는 법이다.

모든 사람에게는 한계가 있다. 오랜 시간 일정 한계 이상으로 혹사되면 더 이상 아무 일에도 상관하지 않는 지점에 이르기도 한다. 좀 더 노골적으로 표현하자면, 뭐가 됐든 엿이나 먹으라는 기분이 되는 것이다. 어떤 인물이든 이미 허리가 휠 만큼 무거운 짐을 지고 있다면 거기에 다른 걱정을 더하지 않기 위해 갈등을 외면해버릴수도 있다는 것을 기억하자.

⚡ 인물은 과거에 어떤 갈등을 경험했는가? 그 경험이 좋은 결과로
끝났는가?

_____

_____

_____

_____

_____

131

⚡ 인물의 가족들은 갈등에 어떻게 대처하는가? 인물은 그 대처 방
식을 어떻게 생각하는가?

_____

_____

_____

_____

_____

⚡ 자기만의 경계선이 분명한 성격이 1점이고, 다른 사람이 함부로 대할 때도 가만히 참는 성격이 10점이라면 인물은 몇 점인가?

_____

_____

_____

_____

_____

⚡ 상실에 대한 두려움 때문에 인물이 뒤로 미루려는 갈등은 무엇인가? 마침내 싸움이 벌어진다면 인물은 무엇을 잃게 되는가?

_____

_____

_____

_____

_____

_____

회피가 더 큰 문제로
터지는 경우

어떨 때는 갈등을 회피하는 것이 좋은 결과를 낼 수도 있다. 애초에 논쟁거리가 별게 아니었을 수도 있고, 당사자가 담담히 과거의 일은 과거로 흘려보내고 기분 나쁜 감정 없이 미래를 향해 나아갈 수도 있기 때문이다.

하지만 그렇지 못할지도 모른다. 갈등을 회피하며 마음속에 좌절감을 꾹꾹 눌러두다가 더 이상 참지 못하고 폭발할 때는 일이 좋게 끝나는 경우가 드물다. 이렇게 폭발할 때까지 갈등을 회피하기만 하는 행동을 심리학에서는 '거니색킹Gunnysacking(마대 자루에 불만 쌓아두기)'이라 부른다. 이는 짜증 나는 일이나 어떤 문제가 생겼을 때 적절히 대처하기보다는 (마대 자루에) 욱여넣어 쌓아 두는 것을 말한다. 그러다 보면 결국에는 억눌러온 불만과 문제가 마대 자루를 찢으며 터져 나올 수밖에 없다.

하지만 같은 회피라 해도 문제를 그저 회피하기만 하는 것과, 회피하는 한편 여전히 마음속에 담아 두는 것 사이에는 엄연한 차이가 있다. 현실에서라면 둘 다 건강하지 못한 해결 방법이지만, 작품에서라면 마침내 마대 자루가 폭발하며 온갖 묵은 원한들이 터져 나오는 모습이 아주 볼 만할 것이다.

이때 사람들마다 마대 자루 크기가 다르다는 점을 명심해야 한다. 누구는 자루가 특히 더 큰 한편, 누구는 샌드위치를 담는 종이봉투만큼이나 얄팍하기도 하다. 후자라면 아마도 기록적으로 짧은 시간 안에 모든 것을 잃게 될지도 모른다.

⚡ 내 작품 속 인물은 문제를 회피하며 마음속에 불만과 짜증을 담아
두고 있는가?

_____

_____

_____

_____

_____

⚡ 인물의 마대 자루 안에는 어떤 과거의 문제들이 쌓여 있는가? 그
자루는 얼마나 큰가?

_____

_____

_____

_____

_____

_____

⚡ 인물의 마대 자루가 마침내 폭발한다면, 그 계기는 어떤 사건 때
문인가?

갈등을
삶의 낙으로

반대로 갈등이 삶의 낙인 인물도 있다. 갈등이 피어날 만한 불씨만 보이면 거대한 바이킹의 기세로 전속력을 다해 달려드는 사람도 있지 않은가! 이런 사람이 왜 갈등을 추구하는지 이해한다면 분명 작품을 쓸 때 도움이 될 것이다.

옳고 그름

옳고 그름이 분명하게 나뉘는 문제는 그리 많지 않다(초콜릿이 인류가 우연히 발견한 최고의 음식이라는 사실은 예외일 수 있겠다). 하지만 어떤 문제든 늘 옳고 그름이 존재한다고 생각하는 사람들이 있다. 이들은 자기가 옳다고 생각하는 방식이 모든 사람에게 적용되는 올바른 해답이라 생각하며, 모든 사람이 자기 말에 동조해주기만 한다면 세상이 한층 부드럽게 흘러갈 것이라 믿는다.

이런 생각을 품고 있는 사람들은 누군가 자기 말에 이의를 제기하면 상당히 고통스러워한다. 자기 의견에 반대하는 것이 마치 자신을 향한 공격처럼 느껴지기 때문이다. 이들의 머릿속에서 내 말에 동조하지 않는 것은 그저 다른 의견을 제시하는 것이 아니라, 자신의 의견이 틀렸다고 지적하는 것처럼 느껴진다. 절대 용납할 수 없는 일이다. 그래서 이런 사람은 그 문제를 파고들어 자신의 의견을 끝까지 피력할 가능성이 높다. 타협하거나 한 걸음 물러서는 것은 내 의견을 포기한다는 뜻이기 때문이다.

요즘 같은 양극화 사회에서 격렬한 논쟁을 불러일으킬 법한 문제들을 떠올려보자. 가령 정치적 사안은 어떨까? 어떤 정치적 의견을 지니든 반대 의견을 가진 사람은 있을 수밖에 없다. 이는 다양한 의견이 존재하므로 사회가 한층 공고해졌다고 말할 수도 있다. 하지만 정치적 견해를 지나치게 개인적으로 받아들이기 시작하면서 남들과 다른 의견을 가진 사람이 마치 사회의 적인 양 매도되기도 한다. 다른 사람의 의견을 경시하고 매도하는 것이 마치 기본자세처럼 되어버린 요즘이다.

⚡ 인물은 거의 모든 상황에서 자신의 생각이 옳다고 믿는 유형인가? 사람들이 자신의 의견에 동의하지 않을 때는 어떻게 대응하는가?

_____

_____

_____

_____

_____

138

⚡ 자기 의견에 반대하는 사람은 무조건 틀렸다고 생각할 만큼 인물이 민감하게 여기는 개인적인 문제가 있는가?

_____

_____

_____

_____

_____

과도한 일반화

내가 A라는 문제를 이러이러하다 생각하므로 B, C, D, E도 똑같은 방식으로 생각할 거라 단정 짓는 사람을 만나본 적 있는가? 어떤 문제를 일반화하기란 쉽다. 하지만 문제를 일반화하면 한층 까다로운 갈등이 불거지게 된다. 처음 논쟁을 시작했던 문제보다 훨씬 더 많은 것이 논쟁의 승패에 걸려 있기 때문이다.

예를 들어 저녁을 먹고 설거지를 하지 않았다는 이유로 배우자가 나를 비난한다고 해보자. 내가 설거지를 했는지 안 했는지의 문제를 따지다 보면 싸움은 어느새 "당신은 집에서 당신 몫의 집안일을 절대 하지 않잖아" 같은 비난으로 번지기 십상이다. 알다시피 싸움에서 '절대'나 '항상' 같은 단어는 더 큰 싸움을 부르는 마법의 단어다.

싸움의 강도가 점차 높아지다 보면 훨씬 강경한 태도로 각자의 주장을 펼치게 된다. 내가 집안일을 '한 번도' 돕지 않았다거나, 내 몫을 '절대' 하지 않는다는 비난에는 결코 동의할 수 없기 때문이다. 지난주만 떠올려봐도 내가 매일 저녁 식사를 준비하지 않았던가. 이처럼 상황을 과도하게 일반화할수록 갈등은 점점 커질 수밖에 없다.

앞서 이야기를 꺼낸 김에 다시 정치 문제를 예로 들어보자. "이 사람한테 투표했으니 너는 그 사람이 주장한 X, Y를 믿는 거지?"라고 말한다면, 그 말은 들은 사람은 십중팔구 화를 낼 것이다. 정확하게 잘 알지도 못하는 상대가 부당한 방식으로 추궁한다고 생각하기 때문이다.

⚡ 논쟁을 벌이던 중 상대가 문제를 과도하게 일반화하면서 내가 동의하지 못하는 주장을 끼워 넣은 적이 있는가? 그때 나는 어떻게 반응했는지 떠올려보자.

⚡ 어떻게 해야 당면한 문제를 일반화시키면서 갈등을 확장시킬 수 있는가?

공격적 방어

어떤 사람들은 한 발 뒤로 물러서는 방식으로 갈등을 증대시킨다. 이런 사람들은 추궁당할 때 극히 방어적으로 돌변하며 한 톨의 책임도 지려 하지 않을 뿐만 아니라, 자신이 갈등을 일으켰다는 사실조차 인정하지 않는다. 뒤로 물러서는 행동으로 상대에게 모든 비난을 전가하는 것이다. 물론 이런 사태를 좋아할 사람은 없을 테니 상대방은 반격에 나설 가능성이 높고, 결국 갈등은 한층 심화될 수밖에 없다.

⚡ 인물은 자신이 저지른 일에 대해 책임을 인정하는 유형인가, 항상 잘못을 부인하는 유형인가?

⚡ 누군가 책임을 회피한 결과, 인물이 모든 비난을 홀로 떠어쓰게 만들 수 있는지 살펴보자.

극적인 상황에 대한 욕망

살아 있다는 기분을 만끽하게 해준다는 점에서 갈등을 사랑하는 사람들도 있다. 이들은 평온과 만족이 지나칠 때 오히려 지루함을 느끼고, 자극적인 갈등이 일어나야 비로소 생기가 넘친다! 심지어 정신을 집중할 만한 대상이 필요하기 때문에 일부러 논쟁을 시작하거나 갈등을 유발하기도 한다. 갈등이 유발하는 고양된 감각, 뇌에서 분비되는 화학물질의 힘을 빌어 무언가에 몰두하는 감각을 즐기는 것이다.

나는 인생에는 극적인 상황 같은 것은 필요 없고 평온함이 최고라 주장하는 사람으로서 이런 부류를 만나면 아주 피곤해진다. 하지만 생각보다 많은 사람이 극적인 상황에서 발생하는 고양된 감각을 삶의 낙으로 삼고 살아간다. 이들은 살아가면서 자연스레 극적인 상황이 벌어지지 않으면 아마 어떻게 해서든 갈등을 만들어내고 말 것이다.

혹시 애써 갈등을 꾸며내는 듯한 부부를 만난 적이 있는가? 혹은 그런 사람과 관계를 맺어본 적이 있는가? 갈등을 만들어내는 이유는 문제를 해결하고 화해하기 위해서다. 이런 관계를 유지하는 사람은 상대가 그 싸움에 기꺼이 동참하는 것이 나에게 그만큼 신경을 쓰기 때문이라고 생각하며, 싸울 때마다 한층 사랑받는다고 느낀다. 실제로 고양된 감정에 매력적인 면이 있는 것도 맞는 말이다.

극적인 상황을 욕망하는 또 다른 예로 가는 곳마다 문제에 휘말리는 친구를 들 수 있다. 그런 친구는 "내가 그 인간이랑 다시는 말을 섞나 봐라"라고 씩씩거리며 가족 중 누군가와 싸

7장 성격 유형별 갈등 대처법

우는 중일 수도 있고, 어쩌면 이혼 위기에 처해 있을 수도 있다. 그도 아니라면 직장 생활이 엉망진창 상태일지도 모른다. 하지만 이런 부류의 친구에게는 이런 사건들이 그저 평범한 일상에 불과할 뿐이다.

⚡ 인물에게 극적인 상황을 만드는 재주가 있는가? 살아 있다는 기분을 느끼고자 갈등 상황을 즐기는 유형인가?

_____

_____

_____

_____

_____

145

⚡ 갈등을 관계의 활력소로 삼는 인물이라면, 갈등의 어떤 면을 즐기는가?

_____

_____

_____

_____

_____

146

고도갈등 성격

지금까지 갈등을 증대시킬 수 있는 여러 요인을 살펴보았다. 하지만 한 가지 더 짚고 넘어갈 만한 영역이 남아 있다. 바로 심리학에서 '고도갈등 성격High-Conflict Personality'이라 부르는 유형이다. 고도갈등 성격은 성격 장애로 분류되기도 한다. 이 장애가 있는 사람은 극단적이고, 감정적이고, 변덕스럽게 행동하는 특징을 보인다. 이 성격 장애는 평생에 걸쳐 지속적으로 성격 문제를 일으키며, 다른 사람과 교류하는 능력에 부정적인 영향을 끼친다. 갈등이 일으키는 행동이 극단적인 수준으로 나타나면 고도갈등 성격이라 규정할 수 있다.

고도갈등 성격이 어떤 요인 때문에 발현되는지는 심리학에서도 분명하게 밝혀지지 않았다. 하지만 뿌리 깊은 여러 부적응 행동과 마찬가지로, 고도갈등 성격 또한 어린 시절에 경험한 학대나 방임과 관련이 있는 것으로 보인다.

영화각본가인 마이클 하우게가 말한 '영혼에 난 구멍'이라는 표현을 떠올려보자. 하우게는 작가들에게 많은 사람이 어린 시절에 경험한 사건으로 생겨난 '구멍'을 가지고 있다고 설명한다. 우리는 구멍이 있다는 사실을 타인이 알아채지 못하도록 메우거나 그 위를 다른 무언가로 덧바르기 위해 노력하며, 그 과정에서 일련의 행동 양식을 습득한다. 그리고 고도갈등 성격은 이런 행동이 극단적으로 나타나는 사례다.

갈등을 삶의 낙으로 삼는 인물이 등장한다면 그 인물의 배경 이야기를 생각해보자. 과거에 무슨 일이 있었기에 그런 행동을 하게 된 것일까? 갈등을 즐기는 유형의 인물을 만들 계획이라면 『빠져들 수밖에 없는 캐릭터』에 나오는 배경 이야기 창작 연습 과제가 도움이 될 것이다.

그렇다면 고도갈등 성격 유형의 사람들은 어떤 특징을 보일까?

* 갈등 주동자다. 아주 어릴 때 기억을 더듬어보면, 참을성이 바닥날 때까지 연필로 쿡쿡 찔러대거나 손가락으로 건드리던 친구가 한 명은 있었을 것이다. 이런 친구들은 상대가 짜증을 내기 시작하는 순간 뒷짐을 지고 앉아 재밌어하며 지켜본다. 바로 이런 사람들이 갈등을 즐기는 유형이다. 이들은 상대가 반응을 보이면 보상을 얻었다고 생각한다. 인터넷에 접속하면 이런 사람들을 줄기차게 발견할 수 있다. 이들은 어떤 문제에 딱히 확고한 의견을 가지고 있지도 않으면서 싸움 자체를 즐기기에, 누군가가 인내심에 한계를 느낄 때까지 자극적인 언동을 일삼는다.

* 언제나 갈등의 한복판에 있다. 고도갈등 성격은 싸움이 가장 치열하게 벌어지는 곳에 있다. 갈등 자체를 즐기기 때문에 자신과 전혀 상관없는 싸움일 때조차 기회가 될 때마다 갈등의 한복판으로 뛰어든다.

* 갈등이 관계를 정의하는 요소라고 생각한다. 일반적으로는 인간관계에서 갈등이 생기는 게 정상이며, 이 또한 건강한 관계를 맺는 데 중요한 요소다. 하지만 고도갈등 성격

은 어떤 관계에서도 갈등이 없어서는 안 될 필수 불가결한 핵심이라고 생각한다. 만일 관계에 갈등이 없다면, 이들은 어떻게든 갈등을 찾아내 문제를 일으킬 구실을 만들어낼 것이다.

✳ 갈등을 증대시키는 기술이 뛰어나다. 갈등은 보통 조금씩 커져나가기 마련이다. 대부분의 사람은 갈등 지수를 0부터 100까지라고 했을 때, 바로 0에서 60으로 건너뛰지 않는다(뒤에서 갈등이 단계적으로 어떻게 확대되는지 알아볼 것이다). 반면 고도갈등 성격은 작은 갈등이 훨씬 더 커질 때까지 다른 사람을 밀어붙이는 기술이 뛰어나다.

✳ 책임을 회피한다. 고도갈등 성격은 갈등을 찾아내는 순간 북을 치며 상황을 한층 더 크게 부풀리고, 부정적인 결과가 초래되면 주위를 둘러본 다음 솜씨 좋게 다른 사람에게 책임을 떠넘기기 일쑤다. '내가 잘못한 게 아니야! 저 사람의 대응 방식 때문에 문제가 생겼어!' 하는 식이다. 이들은 갈등에서 빚어진 부정적 결과(직장에서 해고되거나 사랑하는 사람과 헤어지는 일)를 두고 끊임없이 다른 사람을 탓하며 자신을 피해자로 규정한다. 그러고는 일이 커진 데에 자기 책임이 있다는 사실은 결코 인정하려 하지 않는다.

✳ 공감 능력이 떨어진다. 인간이 보유할 수 있는 가장 강력한 능력 중 하나는 다른 사람의 관점에서 상황을 파악하는 능

력이다. 또 누군가의 생각에 동의하지 않는다 해도 그 관점을 이해해보기 위해 노력하는 일 자체가 인간관계를 유지하는 데 도움이 된다. 그러나 고도갈등 성격은 다른 사람의 관점을 이해하지 못한다. 무조건 자신이 옳다고 확신하며, 이에 반대하는 사람은 어느 누구든 '틀렸다'고 규정하고 상대가 그것을 인정하도록 몰아붙인다. 평소 "내 편을 들어주지 않는 사람은 모두 적이야!"라고 말하는 사람이 주변에 있다면 어느 정도는 이런 식으로 사고한다는 신호라 볼 수 있다.

고도갈등 성격을 비롯한 수많은 성격 장애의 가장 큰 난관은 치료가 아주 어렵다는 점이다. 하지만 작품을 쓸 때만큼은 세계를 흑백논리로 판단하고, 모든 것이 옳고 그름으로 나뉜다고 생각하는 인물이 기쁨이 될 수 있다. 현실에서라면 가는 곳마다 갈등의 씨앗을 뿌려대는 이런 사람을 피해야 마땅하겠지만 작품은 이들을, 그리고 이들이 일으키는 문제를 기꺼이 포용할 수 있는 장소다.

건강하지 못한
대응 방식

갈등에 부정적으로 대처하는 방식에는 지금까지 살펴본 기본적인 것들 외에도 수많은 방식이 있다. 상담가로서 배울 수 있

는 한 가지 사실은, 성격 장애란 사람 수만큼이나 가지각색의
다양한 방식으로 나타난다는 것이다(상담가가 직업 안정성이 높
을 수밖에 없는 여러 이유 중 하나다).

공감 능력 결핍

만약 지속적으로 갈등에 노출되다 보면 공감 능력 결핍으
로 이어질 수 있다. 이 현상은 어렵고, 스트레스 강도가 높고,
갈등 수준이 높은 상황을 일상적으로 대처해야 하는 사람에게
흔히 나타난다. 동네 경찰서에서 일하는 내 친척은 이런 사람
중 한 명이다. 모두가 알다시피 경찰관의 일은 시민을 보호하
는 것이지만, 사실 이 말인즉슨 많은 시간을 최악의 상태인 사
람들을 상대하며 보낸다는 뜻이다.

그는 때때로 침 세례를 맞고, 고함을 듣고, 총알의 표적이
되고, 사람들의 주머니를 뒤지다가 바늘에 손을 찔리기도 한
다. 정말이지 일상에서 매일 갈등을 목격하거나 경험한다고 해
도 지나친 표현이 아닐 것이다. 이런 환경에서 그가 받은 영향
중 하나는 공감 능력이, 특히 낯선 사람에 대한 공감 능력이 떨
어졌다는 것이다.

한편 병원처럼 강도 높은 감정이 오고 가는 환경에서 일하
는 사람들에게도 이런 현상이 나타난다. 나도 몇 년간 재활 병
원에서 상담가로 일하며 심각한 부상을 입은 환자들을 상담했
다. 당시 나는 동료들과 함께 일상적으로 마주하는 강도 높은
감정들을 해소하기 위해 나름의 여러 가지 방법을 연구했다.
가장 흔한 방법은 냉소적인 유머 감각을 발휘하는 것이었고,

마음의 영역을 나누는 것도 좋은 방법이었다.

감정 단절

화가 난 누군가에게 무시당해본 적이 있는가? 같은 식탁에 앉아 있으면서도 눈을 마주치지 않은 채 "쟤한테 소금 좀 건네 달라고 부탁해줄래?"라고 말하는 사람이 있다면 당연히 식탁에는 어색하기 짝이 없는 침묵이 흐를 것이다. 이렇게 사람을 코앞에 두고 무시하는 처사를 당한다면 과거에 겪었던 비슷한 안 좋은 기억이 떠오르기 마련이다.

감정을 단절시키는 것은 폭발시키는 것보다 훨씬 더 나쁜 결과를 초래할 수 있다. 갈등을 겪는 사람이 상대를 밀어붙여 어떤 반응이든 이끌어내려는 것은 이런 이유에서다. 우리가 감정을 단절하는 것은 갈등과 마주했을 때 경험하는 강렬한 감정을, 혹은 갈등에 수반되는 감정 기복을 스스로 감당할 수 없다고 느끼기 때문이다. 스트레스와 마찰에 대처하기 위해 감정을 아예 차단해버리는 것이다.

감정을 단절시키는 또 다른 이유는 상대에게 벌을 주기 위해서다. 벌을 주고 싶어 하는 사람은 갈등 상황에 발을 들이는 대신 그저 감정을 억누른다. 타인과 감정적으로 연결되고 싶어 하는 것은 무리의 일원이 되려는 진화적 욕망과 관련이 있어서, 무리의 누군가가 그 연결 고리를 끊어내려 하면 위협을 느끼기 때문이다. 만약 누군가와의 관계에서 감정을 단절시키는 상황이 반복된다면 상대 입장에서는 갈등 상황 자체를 두려워할 수도 있다. 갈등이 생길 때마다 감정적 교류가 끊어질 것을 염려하게 된 끝에, 어쩌면 이야기를 하며 풀어나가야 할 상황에서조차 문제를 제기하려 들지 않을지도 모른다.

수동 공격성

이 대처 전략은 아마 작가에게 가장 흥미로운 소재일 것이다. 수동 공격성은 공격성의 짜증 나는 사촌 같은 존재이며 여러 다양한 형태로 나타난다. 수동 공격성을 딱 짚어내기란 마치 젤리를 손으로 잡으려 드는 것처럼 어렵다. 거기 있는 것은 분명한데 도무지 잡을 수가 없기 때문이다. 그 까닭에 수동 공격성을 발휘하는 상대는 비난을 비켜 가거나 갈등 상황을 모면하기 쉽다.

예를 들어보자. 누군가는 경험해본 상황일지도 모르겠다. 함께 행사를 준비하는 친구들에게 발송한 공지 메일이 어쩌다 실수로 나에게만 오지 않았다고 해보자. 혹은 시간이 늦춰진 사실을 깜빡하고 나에게만 이야기하지 않았을 수도 있다. 하지만 그 사실을 알았을 때 나는 이미 행사 시간에 맞춰 집을 나선 후라면 어떨까?

수동 공격성의 비결은 부인하는 능력이다. 수동 공격적인 사람에게 그 점을 지적한다면 그들은 눈을 크게 뜨고 머뭇거리다가 자신을 가리키며 "누구? 나 말이야?"라고 할 것이다. 이렇게 되면 문제를 제기한 당사자는 본인이 혼자 오해한 건 아닌지 스스로를 의심하게 된다. 어쩌면 내가 가스라이팅당한 것이 아닌가 하는 의문을 품을지도 모른다.

가장 흔하게 나타나는 수동 공격 전략은 미묘한 방해 공작이다. 직장 상사가 업무에 필요한 정보를 제대로 알려주지 않는 것도 수동 공격성의 한 가지 형태다. 나중에야 업무 정보를 전달받고 나면 일을 처음부터 다시 시작해야 하기 때문이다. 배우자가 출장가는 것이 싫었던 사람이 출장 전날 돕고 싶다는 마음으로 가장 좋은 양복을 세탁소에 맡겨버리는 일도 수동 공격성이 표출된 사례다. 그러고는 이렇게 말할 것이다. "어머, 미안. 다른 옷을 입고 가야겠네. 나는 그저 돕고 싶었을 뿐인데."

칭찬 아닌 칭찬이 지닌 수동 공격적 초능력도 살펴보자. "와, 정말 멋진 옷이다. 보통 사람이라면 이렇게 화려한 옷은 겁이 나서 못 입을 텐데"는 어떤가. 나의 전 시어머니(나는 시어머니를 진심으로 사랑하지만, 시어머니는 수동 공격성을 무기처럼 휘두를 줄 아는 분이었다)는 "일하는 여자치고는 집을 잘 꾸며놓고 사는구나"라는 말을 한 적도 있다. 그 말을 듣고 나는 몇 달 동안이나 마음이 상해 있었고, 실은 그 앙금을 아직도 완전히 털어버리지는 못했다.

칭찬 아닌 칭찬은 변장한 모욕과 아주 가까운 친척이다. 변장한 모욕의 예로는 "네 기분을 상하게 하고 싶지는 않아. 하지만 (여기에 기분이 상할 수밖에 없는 말이 들어간다. 하지만 이미 화를 내서는 안 될 것 같은 분위기다)"이 있다. 또 "내가 미리 말했잖아"라고 했으니 무례한 말을 해도 괜찮다는 생각은 수동 공격성이 발휘되는 고전적 형태다. '무례하게 굴고 싶은 마음은 없어요. 하지만 당신이 만든 저녁 식사는 정말 맛이 없었어요. 삼키기가 힘들었을 정도예요.' 필 박사(토크쇼 〈닥터 필〉의 진행자. 정신

154

과 의사로서의 경험을 바탕으로 인생 상담을 해주는 인물이다 — 옮긴이)도 동의
할 테지만, '하지만'이라는 단어는 그 앞의 어떤 말도 무효로 만
든다. '나도 이런 말을 하기가 힘들어, 하지만….' '기분을 상하
게 하려는 건 아니야, 하지만….' '내가 하려고 했어, 하지만….'

인물이 수동 공격적인 상대를 어떻게 대하는지 알고 싶다
면, 현재 발생한 사건 속에서 스스로를 대하는 방식을 살펴보
자. 예를 들어 불안한 어린 시절을 보낸 탓에 자존감이 낮은 사
람이라면 문제의 원인을 자기 탓으로 돌릴 수도 있고, 분노 장
애를 가진 사람이라면 벌컥 화를 낼지도 모른다. 반면 자신감
이 단단하고 통찰력 있는 사람이라면 수동 공격적인 사람의 문
제는 그들 자신의 문제일 뿐이라는 사실을 깨달을 것이다.

⚡ 인물이 누군가에게 감정을 단절한 적이 있는가? 감정을 단절한
이유를 스스로에게 어떻게 설명하는가?

_____

_____

_____

_____

_____

⚡ 등장인물 중 수동 공격적이라 묘사할 만한 인물이 있는가? 만약
있다면 그 인물이 맺는 인간관계에서 수동 공격성이 어떤 형태로
나타나는지 살펴보자.

_____

_____

_____

_____

_____

⚡ 주인공은 수동 공격적인 인물의 행동에 어떻게 반응하는가?

157

문제 해결의 열쇠,
정서 지능

작가는 인물이 다양한 내적 갈등과 외적 갈등을 헤쳐나가게 만들면서 엄청난 스트레스를 부여한다. 하지만 갈등에 건강한 방식으로 대처할 수도 있는 법이다.

EQ Emotional Quotient라고도 하는 정서 지능은 자신의 감정과 그 감정이 주위 사람에게 어떤 영향을 미치는지를 인지하고 이해하는 능력이다. 이 시리즈의 다른 책 『빠져들 수밖에 없는 캐릭터』에서 한층 자세히 다루고 있는 정서 지능이라는 틀은 성격이 행동 양식의 각기 다른 측면에 어떻게 영향을 미치는지 보여준다. 정서 지능이 높은 인물은 스트레스가 높은 상황에서 크게 도움이 될 만한 장점과 기술을 갖추고 있다.

정서 지능에는 갈등의 결과를 크게 좌우할 만한 몇 가지 능력이 포함되어 있다. 이 능력들을 간단히 살펴보자.

* 다른 사람이 불편할 법한 것이 무엇인지 이해하는 능력.
* 공감을 표현할 줄 아는 능력.
* 자기 감정을 이해하고, 무엇이 이 감정을 일으켰는지 이해하는 능력.
* 타인과 명확하고 효과적으로 소통할 줄 아는 능력.
* 자신의 인식이 주관적이고 편향된 것일 수도 있다는 사실을 인지하는 능력('현실 검증 능력'이라 부른다).
* 높은 스트레스에 대한 내성. 어려운 상황에서도 침착함을

유지하고 선택지를 평가할 수 있는 능력.

앞서 어떻게 갈등을 증대시킬 수 있는지 많은 방법을 설명했지만, 작가는 인물이 건강한 방식으로 갈등을 해결하거나 자신의 잘못을 인정하는 모습을 보여줄 수도 있다. 이런 순간은 독자가 감정적으로 한숨을 돌리고 쉴 수 있는 기회이기도 하다. 독자는 실수에서 무언가를 배우는 사람을 좋아한다. 무엇을 잘못했는지 알아차리는 데 시간이 조금 걸린다 해도, 인물이 결코 건강한 방식으로 갈등에 대응할 수 없다고 단정 짓지는 말자.

⚡ 이 열다섯 가지 정서 지능 영역에서 인물에게 특히 부족한 영역이 있다면 무엇인가? 이 약점은 갈등 상황에 대처하는 데 어떤 영향을 미치는가?

감정 인식	문제 해결 능력
자기표현	현실 검증
자존감	유연성
자아실현	스트레스 내성
자립심	충동 조절
공감 능력	행복
대인 관계 능력	낙관주의
사회적 책임감	

8장

갈등 원인
제대로 만들기

대다수가 갈등을 좋아하지 않는다면 도대체 갈등은 왜 일어날
까? 이 세상에 필요한 것은 사랑뿐이라는 주장에 다들 동의한
다면, 우리는 왜 사랑을 하는 대신 싸움을 더 벌이는 걸까?

　지금까지의 설명으로 이야기에 갈등이 반드시 필요하다는
사실을 납득했다면, 이제는 갈등을 억지로 쑤셔 넣는 대신 자연
스럽게 일으키는 방법이 궁금할 것이다. 이 장에서는 서로 간의
갈등이 일어나는 몇 가지 기본적인 원인을 살펴보도록 하자.

서로 다른
필요와 욕구

친구와 함께 휴가를 보내는 중이라 상상해보자. 파리에서 머물

시간은 오직 하루밖에 없다. 그런데 친구는 에펠탑을 보러 가고 싶어 하고, 나는 진정한 범죄 박물관이라 할 수 있는 파리 경찰 박물관에 가고 싶다. 만약 두 곳을 모두 가볼 시간이 없다면 한 사람은 기분이 상하고 말 것이다. 이처럼 두 사람이 서로 다른 것을 원할 때 갈등이 피어날 가능성이 생겨난다. 그리고 원하는 무언가가 한 사람에게 '꼭 필요한 것'일 때, 갈등의 규모는 한층 커진다.

서로 다른 필요와 욕구 때문에 불거지는 갈등은 우리 내면에도 존재한다. 정기적으로 운동을 하러 갈 '필요'가 있긴 하지만, 회의 때 잠들어 잠결에 동료를 죽이지 않기 위해 30분만 더 자고 싶은 '욕구'를 느낀 적이 있는가? 꿈을 실현하는 일도 마찬가지다. 안전하게 머물고 싶은 '욕구'가 있지만 꿈을 이루기 위해서는 새로운 위험을 기꺼이 감수할 '필요'가 있다.

잠시 상상의 날개를 펼치며 가정해보자. 누구든 거절당하는 일을 좋아하는 사람은 없다. 내가 창작한 결과물이 생각만큼 훌륭하지 않다는 말을 듣고 싶지도 않다. 소중한 열정을 품은 대상이 마음에 들지 않는다는 소리를 굳이 들을 필요는 없지 않은가. 하지만… 책을 쓰고 싶다.

이런.

내 책을 독자의 손에 쥐어주고 싶다면, 내 이야기를 꺼내놓을 '필요'가 있다면, 이 말은 곧 평온과 안정감을 내려놓아야 한다는 뜻이다. 결코 쉽지 않은 선택이다. 별로 바라지 않는 온갖 일을 당할 위험을 감수해야 한다는 뜻이기 때문이다. 책을 쓴다는 것은 거절에 익숙해져야 한다는 뜻이다. 거절하는 사람은

문학 에이전트나 편집자일 수도 있고, 어쩌면 독자일 수도 있
다. 이것이 충돌이고 갈등이다.

⚡ 인물은 무엇을 원하는가? 그것과 정반대의 것을 동시에 원하는
일이 가능한가?

_____

_____

_____

_____

_____

164

⚡ 등장인물들을 생각해보자. 각각의 욕구와 필요가 서로 어긋나도
록 만들 수 있는가?

_____

_____

_____

_____

_____

_____

다른 사람,
다른 가치관

가치관은 행동을 이끄는 근본적 신념으로, 우리 안에 뿌리를 깊게 뻗고 있을 뿐만 아니라 아주 중요한 의미를 지닌다. 가치관은 세상의 옳고 그름을 분간하는 체계다. 정직함이 극히 중요하다, 가족이 가장 중요하다, 친구 사이에는 의리가 있어야 한다, 신뢰는 직접 얻어내야 한다 같은 것들이 모두 가치관에 해당한다. 앞서 3장에서는 내면에서 벌어지는 가치관 사이의 갈등에 대해 논의했다면, 이번 장에서는 내 가치관이 다른 사람의 가치관과 충돌하는 경우를 살펴볼 것이다.

문제는 모두가 나와 똑같은 가치관을 가지고 있지 않다는 것이다(나도 안다! 정말 짜증스러운 일이다!). 다른 사람이 내 핵심 가치관에 반하는 행동을 하면 갈등이 생겨날 수밖에 없다. 3장의 과제에서 규정하는 우리 인물의 핵심 가치관을 다시 검토해보자. 3장에서는 내면 속 가치관의 갈등에 초점을 맞추었다면, 이번에는 가치관이 다른 사람과 어떻게 충돌하는지에 초점을 맞춰보는 것이다.

시간을 정확히 지키는 게 중요하다는 내 가치관을 기억하는가? 기억날지 모르지만, 나는 저녁 식사 모임이 있으면 그 집에서 한 골목 떨어진 곳에 주차를 하고 약속 시간이 되기만을 기다리는 사람이다. 내 사교성이 뛰어나다고 할 수는 없지만, 약속 시간에 30분이나 일찍 도착하는 것이 괜찮지 않다는 것 정도는 알고 있다.

한편 내 친구 중에는 '섬의 시간'이라고 불리는 규칙을 따르는 녀석이 있다. 무슨 뜻이냐면, 그 친구에게 약속 시간이나 회의 시간이란 반드시 지켜야 한다기보다는 대략의 지침이나 제안 정도라는 의미다.

그리고 예상하다시피 결국 이 문제 때문에 우리 관계에 충돌이 일어나고 말았다. 나는 시간을 엄수해야 한다는 원래 가치관에 따라 그 친구를 판단했다. 시간을 정확히 지키는 것이 곧 상대방에 대한 존중이므로, 시간을 지키지 않는 행동은 우리 관계를 중요하게 여기지 않는 것이라고 받아들였다. 물론 그 친구에게 시간을 지키지 않은 일은 그런 의미가 아니었다. 그 친구에게 약속 시간에 늦는 것쯤은 별일 아니기 때문이다.

친구 관계를 유지하려면 우리 둘 다 가치관을 바꿔야 했다. 그 친구는 시간을 엄수하는 것이 나에게 큰 의미가 있다는 사실을 이해해야 했고, 정확히 맞춰 오지는 못할지라도 너무 늦지 않도록 노력해야 했다. 한편 나는 그가 멋진 자질을 수없이 많이 가진 친구지만 약속 시간을 지키는 재주만은 없다는 사실을 인정해야 했고, 늦는 것이 나에게 품은 감정과는 전혀 상관이 없다는 사실을 이해할 필요가 있었다. 그래서 작은 해결책으로 나는 약속을 정하고 만날 때마다 항상 책을 들고 나가게 되었다.

친구와 내가 그랬던 것처럼 타협을 통해 가치관의 차이를 해결하는 사람들이 있는가 하면, 어떤 사람들은 상대에게 맞추기 위해 자기 가치관을 바꾸기도 한다. 끝내 가치관의 차이를 극복하지 못하는 사람들도 있는데, 이는 끊임없는 갈등의 원천이 된다.

　정리 정돈을 중요시하는 사람이 물건을 이리저리 늘어놓고 사는 것이 편한 사람과 결혼한 경우를 본 적 있을 것이다. 엉망진창이 되어 버린 집에서 어떤 물건도 찾을 수가 없고 거대한 먼지 뭉치들이 여기저기 굴러다니게 된다면, 과연 두 사람은 이 문제를 어떻게 해결할까? 서로 만족하는 중간 지점을 찾을까, 아니면 정리를 잘하는 사람이 난장판이 된 집을 청소하면서 속으로 부글거리는 화를 삭이게 될까?

　정치는 물론, 기후 변화에 대해, 우는 아이를 어떻게 달래는 것이 좋은지에 대해, 갖가지 역사적 사건의 영향에 대해, 회사에서 일어나는 문제에 대해, 그 밖에 우리 삶에 존재하는 모든 문제에 대해 사람들은 각각 다른 생각을 품고 있다. 견해는 그 사람의 가치관이나 경험, 교육, 혹은 그저 직감에 따라 결정되는 것인데, 살다 보면 자기 생각을 절대 바꾸려 하지 않거나 남에게 강요하는 사람들을 종종 만나게 된다. 자기 생각이 다른 사람의 생각보다 뛰어나거나 옳다고 강하게 확신한 나머지 그 견해를 관철하기 위해 더 큰 수고도 마다하지 않는 것이다.

⚡ 인물은 이야기 속에서 벌어지는 문제들에 대해 어떤 견해를 갖고
있는가? 다른 인물이 이 의견에 반대하게 만들 수도 있는가?

위협에 대한 인식

앞에서 언급한 모든 갈등 상황에는 공통분모가 있다. 바로 인물이 어떤 위협을 인식한다는 점이다. 목숨이 달린 갈등 상황은 아닐 수도 있지만(물론 폭탄을 해체하는 최고의 방법 같은 것을 논의하는 경우라면 상당히 목숨과 직결되겠지만), 겉으로는 단순해 보이는 갈등이라도 인물 입장에서는 목숨이 걸린 문제처럼 여겨질 수도 있다. 이때 갈등에 대한 인물의 위기의식은 패배 후에 무엇을 잃게 될 것이라 인식하는지에 따라 달라진다.

예를 들어 사무실에서 누가 새 의자를 받게 될지를 두고 동료와 갈등을 빚고 있다 해보자. 표면적으로는 누구에게 더 좋은 의자가 필요한지, 누가 더 좋은 의자를 받을 자격이 있는지 논쟁을 벌이는 것으로 보이겠지만, 회사에서 내 입지가 좁아지고 있던 중이라면 의자를 양보하는 게 승진할 권리를 포기한다는 뜻으로 여겨지지는 않을까 하는 걱정이 들 수도 있다.

그 결과, 고작 사무실 가구 하나를 두고 지나칠 정도로 격렬한 싸움이 벌어질지도 모른다. 위험 부담에 대해서는 뒷장에서 다시 살펴볼 테지만, 여기서는 우선 위험 부담에 대한 인물의 인식에 초점을 맞추도록 하자.

현실을 어떻게 인식하는지는 현실 자체보다 훨씬 더 중요한 의미를 지니기도 한다. 현실을 파악하는 이 인식이라는 렌즈는 우리가 행동하고 다른 사람과 교류하는 기준이 된다. 우리는 모두 이 세상과 그 속에서 자신이 위치한 자리를 두고 스스로에게 들려주는 저마다의 이야기를 가지고 있다. 이 이야기는 살아가며 경험을 쌓는 동안 점점 견고해진다.

ABC 시나리오

상담가가 되기 위해 공부하던 무렵, 나는 프로이트부터 융에 이르기까지, 그리고 그 사이에 존재하는 모든 다양한 상담 방식을 공부했다. 그중에서도 머릿속에 깊이 남은 접근 방식은 바로 앨버트 엘리스의 합리정서치료법이다. 수많은 세부 지식은 기억에서 사라진 한편(왜 80년대 유행하던 노래 가사는 잊지 못하면서 선글라스를 어디 두었는지는 기억하지 못하는지. 노화의 수수께끼다), 합리정서치료의 한 부분은 내 머릿속에 고스란히 남아 있다. 내가 합리정서치료를 이토록 잘 기억하는 이유는 당시에도 이 치료법이 너무나 이치에 잘 들어맞는다고 생각했기 때문이다. 엘리스는 이렇게 제안한다.

A는 활성화 사건(Activating event)이다.
B는 그 사건에 대한 우리의 인식(Belief)이다.
C는 그 인식의 결과(Consequence)다.

주위에서 흔하게 볼 수 있는 예를 하나 상상해보자. 나는 글쓰기 모임에 참석하고 있다. 모임에 참석한 지는 조금 되었지만 아직 내 작품을 보여준 적은 없다. 그러던 어느 날 마침내 용기를 끌어내 모임에서 작품을 낭독한다. 다른 참여자들은 모두 조용히 낭독에 귀를 기울인다. 낭독이 끝난 뒤 화장실에 다녀와 보니 모두들 크게 웃음을 터뜨리고 있다. 그러다 나를 보자마자 웃음을 그친다. 이것이 활성화 사건 A다.

그 순간 우리 뇌는 방금 일어난 일을 이해하기 위해 정보의 공백을 메우고 판단을 내린다. 이것이 사건에 대한 우리의 인식인 B다. 자신감이 없는 사람이라면 나와 내 작품을 웃음거리로 삼고 있다고 생각할지도 모른다. 얼굴이 달아오르고 뇌에서는 투쟁이나 도피 반응을 불러일으키는 뇌내 화학물질인 코티솔이 한바탕 분비된다. 욕지기가 올라오거나, 머릿속 무언가가 뚝 끊어지거나, 눈물이 쏟아질 것 같은 기분에 사로잡힐 수도 있다. 어쩌면 이 모든 현상이 동시에 밀어닥칠 수도 있다.

우리는 이 인식에 기반해서 행동할 것이다. 남은 모임 시간을 어찌어찌 견뎌낼 수 있을지는 모르지만 아마 다음 모임에는 차마 나오지 못할 것이다. 혹은 그 자리에서 바로 큰소리로 쏘아붙일 수도 있다. "당신들도 지망생일 뿐이잖아! 이 비판적인 속물 매문가들아!" 그러고는 원고를 바닥에 흩뿌린 다음 폭풍 같은 기세로 그곳을 뛰쳐나올 수도 있다. 어느 쪽이든 이것이 바로 결과인 C다.

상황이 이렇게 되면 모임 사람들이 내 이야기를 하고 있던 게 아니라 해도 지금은 확실히 내 이야기를 하고 있을 것이다. 다시 모임에 참석하지 못하는 바람에 글 쓰는 사람들과 교류하며 작가로서 성장할 기회를 놓쳐버릴 수도 있다. 이 모든 상황은 전부 사건에 대한 우리의 인식이 이끌어낸 결과다.

반면 똑같은 활성화 사건을 겪어도 단지 내가 어떤 농담을 놓쳤을 뿐이라고 인식한다면 반응은 달라질 것이다. 그저 자리에 앉아 다른 사람들과 계속해서 이야기를 이어나갈 것이고, 이로 인해 결과는 완전히 달라질 것이다. 만약 정말 내 이야기를 하고 있었다면, 그들은 죄책감을 느끼며 내가 이 상황에 품위 있게 대처한다고 생각할 것이다. 혹은 정말 농담을 듣지 못했을 뿐이라면, 누군가 그 농담을 설명해준 다음 함께 웃고 끝날 것이다.

이 ABC 시나리오는 수많은 이야기에서 갈등을 일으키는 설정으로 이용된다. 로맨틱 코미디 장르라면 한 사람이 어떤 광경을 목격하고 이를 오해하는 바람에 연인으로 맺어지지 못하다가 결말에 이르러서야 사랑의 결실을 맺게 되는 식이다. "아, 그 파티에서 당신이 안아주던 그 여자가 '여동생'이었어? 이런…."

미스터리 장르에도 ABC 시나리오를 적용할 수 있다. 한 인물이 어떤 실마리를 발견하고 이를 근거 삼아 다른 누군가에게 죄가 없다고, 혹은 그자가 범인이라고 생각하게 된다. 그리고 나중에 가서야 자신이 오해하는 바람에 잘못된 결론을 도출했다는 사실을 깨닫는 것이다.

ABC 설정을 눈여겨보기 시작하면 가족 이야기부터 우주 전투, 마법 동물 이야기에 이르기까지 온갖 종류의 서사에 이 설정이 등장한다는 걸 알게 될 것이다. 여기서 진실은 우리 모두가 신뢰할 수 없는 이야기꾼이라는 것이다. 객관적 현실과 현실에 대한 스스로의 주관적 인식을 구분하기란 참으로 어려운 일이기 때문이다.

우리는 기존의 인식을 뒷받침하는 증거를 찾고, 그 인식을 부정하는 사실을 간과하거나, 무시하거나, 기존의 방식에 부합하도록 끼워 맞춰버린다. 정치는 이를 보여주는 훌륭한 예다. 나는 정치적 입장이 보수적인 가정에서 성장했는데, 특히 아빠가 보기에 나는 열렬한 자유주의자다. 그래서 우리는 정치에 관한 어떤 객관적인 뉴스 하나를 가지고도 서로 전혀 다른 방식으로 해석한다.

긍정적인 사람은 하루를 살아가며 타인의 선의를 곧잘 발견하지만, 반대로 냉소적인 시선으로 세상을 본다면 똑같은 하루를 살면서도 부정적인 것들만 발견하게 될 것이다. 사실 하루 동안 일어나는 사건은 똑같다. 여기에 차이를 만드는 것은 무엇을 선택해 눈여겨보고 기록하는가다. 그 결과 똑같은 하루를 보내더라도 전혀 다른 경험을 하게 될 수 있다.

⚡ 지금 쓰고 있는 이야기에서 활성화 사건을 한 가지 골라보자. 인물은 이 사건을 어떻게 인식하고 있는가?

_____

_____

_____

_____

_____

⚡ 그 인식은 과연 정확한가? 이로 인해 결과가 어떻게 바뀌는가?

_____

_____

_____

_____

_____

_____

⚡ 인물이 어떤 활성화 사건을 겪고 품을 수 있는 인식들을 브레인스
토밍해서 목록으로 작성해보자. 인물의 현재 인식보다 더 흥미로
운 결과를 이끌어낼 만한 것이 있는가?

175

스트레스 반응

스트레스는 삶의 일부다. 물론 그렇다고 우리가 스트레스를 좋아한다는 뜻은 아니다. 스트레스란 힘겨운 상황에 대한 몸의 반응이다. 스트레스 반응은 신체적 혹은 감정적 방식으로 나타날 수 있다. 대부분은 갈등이 닥치면 스트레스를 받고, 이런 스트레스 반응은 다시 갈등 대처 방식에 영향을 미친다. 부적응의 거대한 악순환인 셈이다!

상담가로서 나는 스트레스를 피할 수 없다는 사실을 잘 알고 있다. 심지어 성장하려면 인생에 어느 정도의 스트레스가 필요하다는 주장도 있다. 다른 이들보다 스트레스에 훨씬 잘 대처하는 사람이 있다는 사실도 참고로 기억해두자. 스트레스를 받는 인물의 모습을 어떻게 보여주어야 할지 고심하고 있다면 안젤라 애커만과 베카 푸글리시가 쓴 훌륭한 자료집 『인간의 130가지 감정 표현법』을 참고해보자.

스트레스는 갈등에 대처하는 능력을 저하시키고, 더 나아가서는 또 다른 갈등을 불러일으키기도 한다(작가로서는 마냥 신이 나는 상황이다). 스트레스를 받는 인물은 아마 다음과 같은 반응을 보일 것이다.

* 다른 사람의 비언어적 소통을 제대로 알아차리지 못한다.
* 다른 사람의 말을 부분적으로만 듣거나 오해한다.
* 자기 감정을 혼란스러워한다.

이야기에 갈등 장면을 등장시킬 때는 재미를 멈출 필요가 없다는 점을 명심하자. 갈등에 대처하는 인물의 행동을 들여다 보면 더 많은 갈등을 덧붙일 기회를 찾을 수 있다!

⚡ 내 작품 속 인물은 스트레스에 어떻게 대응하는가? 아래 목록 중 몇 가지에 해당하는지, 또 다른 증상이 나타나는지 살펴보자.

- 동요하고 불안해한다.

- 다른 사람에게 화풀이한다.

- 자기 안으로 틀어박힌다.

- 극히 분석적인 태도가 된다.

- 극히 감정적인 태도가 된다.

- 스트레스가 몸에 특정 방식으로 나타난다.

- 손톱을 물어뜯는다.

- 머리카락의 끄트머리를 잘근거린다.

- 뺨 안쪽을 씹는다.

- 그 자리에서 발을 동동 구른다.

- 욕지기를 느낀다.

- 두통을 느낀다.

- 어깨나 신체의 다른 부위가 긴장으로 굳어진다.

⚡ 스트레스에 대응하는 능력인 스트레스 내성에 점수를 매겨보자.
1점은 별거 아닌 압박에도 금세 무너지는 수준이고, 10점은 세계
종말 같은 사건을 겪으면서도 침착함과 태연함을 유지하는 수준
이라고 한다면 인물은 과연 몇 점인가?

_____

_____

_____

_____

⚡ 이야기가 진행되면서 인물의 스트레스 내성은 변화하는가?

_____

_____

_____

_____

_____

_____

9장

비언어적 소통과 유머로
갈등 다채롭게 만들기

갈등이 표출되는 장면을 상상하면 흔히 고래고래 소리를 지르거나 주변의 물건을 집어던지는 모습이 상상되지만, 갈등이라고 무조건 거대한 방식으로 표출되지만은 않는다. 갈등은 조용한 방식으로 나타나기도 한다. 비언어적 소통이 바로 그런 경우다. 이번 장에서는 조용한 갈등이 어떻게 드러나는지 살펴볼 것이다. 그리고 갈등을 해결하는 효과적인 방법 중 하나인 유머의 기능에 대해서도 알아보자.

비언어적 소통

상담가는 내담자가 입 밖에 내지 않는 말들이 실제로 하는 말만큼이나, 혹은 그보다 더 중요하다는 것을 일찍부터 배운다.

앨버트 머레이비언 박사는 우리 뇌가 어떻게 의미를 인식하는지 살피며 소통의 형태를 분석하고 연구했다. 머레이비언 박사는 뇌가 어떤 의미를 해석할 때 7퍼센트는 언어적 표현, 38퍼센트는 목소리(어조와 크기), 55퍼센트는 시각 정보에 의거한다는 사실을 발견했다. 좀 더 쉽게 풀어 설명하자면, 소통의 주요 형식을 단지 대화라는 형태에 한정시키면 커다란 기회를 놓치게 된다는 뜻이다.

우리가 실제로 생각하는 것을 매번 그대로 입 밖에 내지 않는 데는 여러 가지 이유가 있다. 그 말이 예의에서 벗어나서일 수도 있고, 상대의 반응이 걱정되어서일 수도 있다. 그래서 어떤 사람이 정말 매력적인 것 같다는 생각을, 상사의 뛰어난 아이디어가 사실은 성공할 것 같지 않다는 의견을 굳이 밝히지 않을 때가 있는 것이다.

가끔은 스스로 어떻게 생각하는지 정확히 모를 때도 있다. 하지만 대화를 하는 동안 우리 몸은 어떤 식으로든 진심을 드러낸다. 연인이 승진하여 다른 도시로 이사해야 하는 상황을 가정해보자. 승진을 포기할 수 없으니 장거리 연애를 하는 게 어떻겠냐고 말을 하면서도 아마 손을 내려다보며 아랫입술을 깨물고 있을지 모른다. 행동은 생각보다 많은 감정을 표현한다. 어쩌면 장거리 연애를 해도 괜찮을 거라 생각하고 '싶은' 건지도 모른다. 왜 이렇게 신경이 쓰이는지 본인조차 확실히 모를 수도 있다. 하지만 상황이 괜찮지 않다는 것만은 확실하다.

정말 하고 싶은 말을 입 밖에 내지 않는 또 다른 이유는 상대를 시험하기 위해서다. 상대가 내 마음을 읽어낼 수 있을지 궁금하기 때문이다. 직접 말하지 않아도 내 마음을 알아서 이해해주기 바라는 것이다. 내 친구 중 한 명은 크리스마스 때마다 배우자가 원하는 선물을 주지 않는다며 짜증을 내지만, 정작 자신이 무엇을 받고 싶은지는 말하지 않는다. 그걸 말해버리면 낭만이 깨진다는 이유에서다. 선물을 열어보고 입을 꾹 다물고 있는 것만이 마음에 들지 않는다는 의사 표현이다.

이 책은 작법서지만, 관계에 대한 조언을 한 가지만 덧붙일 수 있도록 허락해주기 바란다. 나는 생일 선물로 진공청소기를 받고 싶지 않은데 배우자는 내가 유용한 가전제품을 좋아할 것이라 생각할 법한 사람이라면, 처음부터 이 말도 안 되는 상황을 예방할 필요가 있다.

어쩌면 배우자는 아주 실용적인 가정에서 성장했을 수도 있고, 배우자의 어머니가 크리스마스 때마다 성능 좋은 주방 기기를 받고 싶어 했을지도 모른다. 그러니 이런 종류의 선물을 받고 싶지 않다면 부디 상대에게 자신의 마음을 표현하자. 그렇게 하지 않고 무언가 반짝이는 선물이 좋겠다는 식으로 모호하게 말을 흐렸다가는 매년마다 스테인리스로 된 조리 기구를 받고는 이를 갈며 화를 삼키는 처지가 될 것이다.

비언어적 소통이 나타나는 예를 한 가지 더 살펴보자. 연인이 식당에서 종업원을 상대로 추파를 던지는 상황을 생각해보자. 당연히 짜증이 날 것이다. 매력적인 사람을 아예 못 본 척해야 하는 건 아니지만 연인이 바로 코앞에 앉아 있는데, 조금 자제하는 것이 그토록 어려운 일이란 말인가? 기분이 상해 팔짱을 낀 자세로 이를 악물고 질문에 단답으로만 대답하니 연인이 묻는다. "무슨 문제라도 있어?" 나는 눈썹을 치켜올린 다음 탁자 너머를 빤히 쳐다보며 대답할 것이다. "아니? 괜찮아." 물론 그 말은 진짜가 아니다. 전혀 괜찮지 않다는 경보가 울리고 있다.

관찰력이 뛰어나고 정서 지능이 높은 사람이라면, 그 말 안에 숨겨진 감정을 읽어낼 수 있을 것이다. 반면 전혀 눈치채지 못하고 넘어가버리는 사람도 있기 마련이다. 본인이 어느 쪽에 해당하는지는 모르겠지만, 비언어적 소통을 이해한다면 작가로서 인물 사이의 소통을 다루는 데 매우 도움이 된다. 앞의 예시 같은 상황을 쓰고 있다면 우리에게는 몇 가지 선택지가 있다.

* 연인이 다른 사람에게 추파를 던져 화가 난 인물의 시점에서 이야기를 쓰고 있다면, 그 인물의 내적 독백을 보여줄 수 있다. "괜찮다"고 말하는 대신 내면에 흐르는 생각을 보여주는 것이다. 인물은 자신의 생각을 직접 말하지 않으면서 어떤 결과를 얻고 싶어 할까? 어쩌면 굳이 입 밖에 내어 표현하지 않아도 자신의 마음을 알아주는지 시험해보고 싶은 걸지도 모른다. '그 사람이 정말 나를 사랑한다면 무엇이 잘못되었는지 굳이 말해줄 필요가 없어. 그냥 알아차리는 게 맞지. 지금 일부러 모른 척하고 있는 거야!'

* 종업원에게 추파를 던진 연인의 관점에서 이야기를 쓰고 있다면, 그 인물은 상대의 비언어적 신호를 알아차릴까?

그렇다면 그 신호가 무엇을 의미한다고 생각할까? 팔짱을 끼는 행동 같은 것들이 자기 때문이라는 것은 알아차렸을지도 모른다. '이런, 뭔가 폭탄을 밟은 모양인데…. 오늘 밤 내내 기분이 뚱해 있겠네.'

한편 상황을 오해해서 상대가 전혀 다른 문제 때문에 화가 났다고 생각할 가능성도 있다. '직장에서 정말 힘든 하루를 보낸 모양이야. 기분이 영 안 좋네.' 그렇다면 작가는 여기서 선택해야 한다. 독자에게 인물이 크게 오해하고 있다는 걸 알려줄지, 아니면 독자까지 함께 오해하게 만든 뒤 나중에 가서야 그 생각이 틀렸다는 걸 깨닫게 해줄지 말이다.

❋ 추파를 던지는 연인의 시점에서 이야기를 쓸 때, 인물이 비언어적 신호를 전혀 알아채지 못하게 하면서도 독자는 그 신호를 알아차리게 만들 수 있을까? 책장을 넘기면서 '야, 상대를 제대로 보라고. 너 이제 큰일 났어!'라고 생각하게 만들 수 있는지 살펴보자.

⚡ 갈등 장면에서 어떤 비언어적 소통이 이루어지고 있는가? 인물
은 상대 행동의 의미를 알아차리고 있는가?

_____

_____

_____

_____

_____

⚡ 갈등 상황을 마주한 인물이 자신이 화가 난 진짜 이유를 말할 수
없는 장면을 써보자. 대화를 한 마디도 쓰지 않으면서 얼마나 많
은 정보를 전달할 수 있는가?

_____

_____

_____

_____

_____

문제를 해결하는
비장의 무기, 유머

나는 인생에서 유쾌한 유머 감각을 발휘해 좋아질 수 없는 상황은 극히 드물다고 믿는 사람이다. 어려운 상황마다 웃음을 터뜨리는 능력은 내가 몇 년이나 갈고닦아온 생존 기술이다. 이 기술 덕분에 나는 힘겨웠던 수많은 시간을 견딜 수 있었다. 물론 항상 상황에 맞는 적절한 유머 감각을 발휘하는 건 아니지만 말이다. 어떤 상황이든 웃음을 터뜨리며 긴장감을 누그러뜨린다면 갈등을 예방하거나 해결할 수 있다. 유머에는 다음과 같은 이점이 있다.

* 어렵거나 골치 아픈 주제를 한층 쉽게 꺼낼 수 있다.
* 상대의 화를 누그러뜨릴 수 있다.
* 지나치게 심각해지지 않도록 만들어 상황을 폭넓은 시야로 파악할 수 있는 여유를 마련한다.
* 갈등에 감정적으로 대처하지 않도록 돕는다.

인물도 유머 감각을 발휘해 장면의 분위기를 가볍게 만들 수 있다. 이런 장면에서는 독자도 무거운 감정에서 벗어나 잠시 숨을 돌릴 수 있다. 자, 이제 우리는 갈등을 일으키는 동시에 약간의 유머까지 곁들일 수 있게 되었다. 이것이 바로 윈윈 전략이다. 힘겨운 상황을 겪는 중에도 함께 웃는 모습을 보여줌으로써 두 인물 사이의 애정과 친밀감을 보여줄 수 있기 때문이다. 두 인물은 웃음을 통해 한층 가까워질 것이고, 독자는 함께 어려움을 헤쳐나가면서도 웃음을 터뜨리며 여유를 찾는 두 사람을 지켜볼 것이다.

마이클 하우게는 자신의 저서 『팔리는 각본 쓰는 법Writing Screenplays That Sell』에서 관객이 좋아할 만한 인물을 만드는 요소를 설명하는데, 그중 하나가 바로 유머 감각이다. 사람들은 유머 감각이 뛰어난 인물을 좋아한다(이는 내가 사회생활을 할 수 있는 유일한 이유이기도 하다. 유머 감각마저 없었다면 사람들과 전혀 어울리지 못했을 것이다). 갈등 장면에 유머를 활용한다면, 독자가 인물을 좋아할 만한 이유를 한 가지 덧붙이는 셈이다.

그렇다면 이제 유머라는 양날의 검의 반대편 칼날을 살펴보자. 〈스파이더맨〉에 등장하는 위대한 철학자 벤 삼촌의 말을 빌려 응용하자면 "큰 유머에는 큰 책임이 따른다." 모진 말을 내뱉고 나서 "그냥 농담한 거잖아"라고 말한 이들 때문에 얼마나 많은 사람이 상처를 받아왔는지 모른다. 누군가 이런 짓을 하는 모습을 볼 때마다 나는 김이 풀풀 피어오르는 개똥 무더기에 그 사람을 주저앉힌 다음, "그냥 장난이잖아"라 말하고 그 사람이 어떻게 받아들이는지 보고 싶어진다.

다른 사람을 무시하거나 조롱하는 종류의 유머는 특히 약한 입장에 있는 사람을 겨냥할 때, 절대 갈등 상황을 진정시키지 못한다. 오히려 갈등을 증대시킬 뿐이다. 가시 돋친 말을 들은 사람이 그 자리에서 바로 벌컥 화를 내지는 않을지도 모르지만 상대는 이 작은 원한을 차곡차곡 마음에 쌓아두다 언젠가 이를 되돌려줄 것이다.

앞서 나는 유머의 이점으로 어려운 주제를 쉽게 꺼낼 수 있다는 점을 꼽았다. 하지만 이 또한 부정적으로 작용할 수도 있다. 어떤 문제를 제기할 때 농담식으로 먼저 말을 꺼내고는 정작 그 문제에 대해 본격적으로 논의하거나 해결할 기회는 전혀 주지 않는 부류의 사람들이 있기 때문이다. 이들은 유머를 이용해 공격한 다음, 상대가 반격하려 하면 농담 뒤에 숨어버린다. 이런 유의 농담을 들으면 상대는 자신이 지나치게 예민하게 구는 것은 아닌지 고민하므로 오히려 더 방어적으로 나올 수밖에 없다.

한 인물이 자기 딴에는 재밌다고 생각해서 던진 농담이 상대에게 상처였다는 사실을 깨달으며 갈등이 일어날 수도 있다. 본인은 상처를 줄 의도가 전혀 없었을지도 모르고, 어쩌면 상대가 오해한 것일 수도 있지만, 어느 쪽이든 원래 농담이어야 했을 말이 지금은 전혀 농담이 아니게 되어버린 것이다.

유머 감각을 무기처럼 사용하는 인물을 등장시킨다면 독자의 기대치를 가지고 장난을 칠 수도 있다. 독자가 그 인물의 진정한 의도를 확신하지 못하게 만들면 된다. 또 인물을 농담만 지껄이는 실없는 사람으로 만들어 그 사람이 하는 말을 믿지 못하게 만들 수도 있다.

10장
갈등을 무럭무럭 키우는
비밀 장치

상담가로 일했을 무렵, 나는 여러 회사를 돌며 직장에서 사람
들과 잘 지내는 방법에 대해 강의했다. 그리고 이때 확실히 알
게 된 사실이 있다. 바로 사내 전자레인지를 사용해 생선을 데
우는 일이 가장 뜨거운 논란거리 중 하나라는 것이다. 절대 이
런 짓은 하지 말자. 당시에 아무도 뭐라 하는 사람이 없었다 해
도 그 행동 때문에 미움을 받을 것이다. 또 먹다 남은 음식이 있
다면 부디 깨끗하게 버려주길 바란다. 마치 실패로 돌아간 과
학 실험 같은 몰골로 냉장고에 남겨두어서는 안 된다.

　　여러 차례 강의를 하며 내가 깨달은 사실은, 직장 생활에
서 갈등을 개선하는 데 도움이 될 법한 요령을 작품에도 크게
활용할 수 있다는 것이다. 똑같은 요령을 거꾸로 뒤집기만 하
면 바로 갈등을 증대시키는 방법이 된다! 이 장에서는 갈등 해
결 방법을 어떻게 작품에 적용할 수 있는지 알아볼 것이다. 우

선 일반적인 갈등 해결 법칙들을 알아본 다음, 이를 어떻게 뒤집어 적용할 수 있는지 살펴보자.

최선의 장소와 타이밍 선택하기 → 최악의 장소와 타이밍 선택하기

현실에서는 어려운 대화를 할 상황이 생기면 보통 할 수 있는 한 최적의 환경을 선택하려 한다. 상대가 내 말에 집중할 수 있고, 방어적인 면모를 최대한 이끌어내지 않으며, 함정에 빠졌다거나 불편한 느낌이 들지 않을 장소를 찾는 것이다. 상대가 마음이 편한 상태여야 한층 말을 잘 받아들일 수 있기 때문이다. 그러므로 작품을 쓸 때는 반대로 인물이 가장 불편하게 여길 법한 장소에서 갈등이 일어나도록 설정하자.

어떤 장소가 불편한지는 인물의 성향에 따라 다를 것이다. 고급스러운 식당이 불편한 사람도 있고, 배우자의 부모님 댁 거실을 불편해하는 사람도 있다. 하지만 대부분은 개인적인 장소보다 공공장소에서 갈등이 일어날 때 무의식적으로 훨씬 더 불편해한다. 그 이유 중 하나는 점차 악화되는 상황을 다른 사람에게 보이는 위험을 감수해야 하기 때문이다. 갈등 상황은 본질적으로 거북할 수밖에 없으며, 자신이 난처해하는 모습을 공공장소에서 드러내고 싶은 사람도 없다. 연인과 헤어지면서 곤란한 장면을 연출하고 싶지 않은 사람이 공공장소에서 이별을 통보하는 것도 이런 이유에서다.

갈등을 일으킬 장소를 고려 중이라면 물리적 공간뿐만 아니라 그 장소에 함께 있는 사람까지도 고려해야 한다. 내 친구의 사례를 살펴보자. 친구의 가족은 일주일간 차로 국내를 일주하는 여행을 계획했다. 여행을 떠나는 날이 되자 아이들은 차에 탔고, 가방은 짐칸에 다 실어 두었으며, 마지막으로 친구가 간식이 가득한 아이스박스를 들고 나가는 길이었다. 바로 그때, 남편은 이 여행에서 돌아오는 대로 자신이 집을 나갈 테니 이혼하고 싶다고 말한 다음 차에 올랐다.

내게 다소 충격으로 다가왔던 부분은 친구가 그 자리에서 아이스박스로 남편의 머리를 후려친 다음 차로 치지 않았다는 것이다. 아이들이 뒷좌석에 타고 있었기 때문에 친구는 남편과 이 문제에 대해 이야기할 수 없었고, 갈등은 한층 심각해질 수밖에 없었다. 게다가 저녁때면 매번 친지들의 집에 머물러야 했다. 친구는 집으로 돌아가면 자신이 정성껏 계획해왔던 삶이 산산조각나버릴 것이라는 사실을 알면서도 아이들이 행복한 휴가를 보낼 수 있도록 노력해야 한다는 의무감에 시달렸다.

갈등을 악화시키는 환경을 창작할 때 마지막으로 고려해야 할 사항은 언제 갈등을 일으키냐 하는 문제다. 주인공과 가장 친한 친구가 주인공의 약혼자와 키스했다고 솔직하게 고백하는 장면을 쓴다고 해보자. 이 고백을 끄집어낼 가장 최악의 시기는 언제일까? 결혼식 올리기 몇 달 전일까? 아니면 결혼식 전날일까? 신부가 입장하기 직전에 식장 뒤쪽은 어떨까? 가장 끔찍한 상황은… 예식이 한창 진행 중인 결혼식장, 주인공의 가족과 친구가 모두 함께한 자리에서 그 소식을 듣는 것이다!

⚡ 갈등이 어떤 장소에서 일어나는지 살펴보자. 갈등을 한층 극대화
시킬 수 있는 배경이 있는가?

_____

_____

_____

_____

_____

⚡ 인물은 어떤 장소를 가장 불편해하는가?

_____

_____

_____

_____

_____

_____

⚡ 갈등이 발생할 때 옆에 누가 있는가? 여기에 다른 사람을 덧붙일 수 있는가?

_____

_____

_____

_____

_____

_____

193

⚡ 갈등은 언제 발생하는가? 좀 더 일찍 혹은 나중에 벌어지게 만들어 상황을 한층 극대화시킬 수 있는가?

_____

_____

_____

_____

_____

_____

문제를 빨리 해결하기
→ 상황이 악화되도록 내버려두기

현실에서는 상황이 더 크게 악화되기 전에 문제에 대처하는 것이 좋다. 마음에 거슬리는 문제가 있고 그 문제가 저절로 해결될 것 같지 않다면, 당장은 아니더라도 가능한 한 빨리 확실하게 말을 꺼내야 하는 법이다. 짚고 넘어가지 않는다면 문제가 몸집을 불려나가다 폭발해버리고 말 것이다.

반면 작품에서는 그런 폭발이야말로 환영해 마지않는 일이다. 오히려 문제가 점점 악화되도록 내버려두는 편이 좋다. 인물이 문제들을 마음에 꾹꾹 눌러 담고 속을 끓이다가 결국 감정을 폭발시키는 것이다.

현실에서는 신경 쓰이는 문제가 있다면 그 문제를 명확하게 표현해야 한다. 이때 '너' 언어보다 '나' 언어를 사용하는 것이 이상적이다. "당신이 사용한 접시들을 설거지하지 않고 싱크대에 그냥 놔둘 때마다 나는 당신이 집안일을 전부 내 몫이라고 생각한다는 기분이 들어. 나도 전업으로 일을 하잖아. 이렇게 고전적으로 분담된 역할을 떠맡길 때 나는 화가 나."

하지만 현실에서는 이렇게까지 분명하게 이야기하는 경우는 극히 드물다. 보통은 아무 말도 하지 않거나 빙빙 돌려 이야기하기 마련이다. 앞의 상황이라면 그냥 "야, 이 돼지 같은 놈아!"라고 말할지도 모른다. 자신이 이용당한다는 생각에 화가 나면 욕설을 퍼부으며 상대의 기분을 상하게 하려 한다. 그럼 상대도 이렇게 반박할 것이다. "먼지 티끌 하나마다 강박적으로 굴지 않는다고 해서 지저분한 사람은 아니야. 그리고 내가 돼지라고? 지금 내 몸무게를 가지고 뭐라고 하는 거야?"

상황이 이렇게 흘러가면 집을 얼마나 깨끗하게 정리해야 하는지를 두고 끝내 대전투가 발발하고 만다. 하지만 이 대화를 시작한 아내가 화난 진짜 이유는 단순히 접시 때문이 아니다. 아내가 진정으로 걱정하는 것은 더러운 접시가 의미하는 바, 즉 차별적인 역할 분담이다.

8장에서 살펴본 합리정서치료를 떠올려보자. 이런 문제가 발생했을 때, 상황에 대한 우리의 인식은 문제에 크게 영향을 미치며 갈등으로까지 이어질 수 있다. 어쩌면 스스로 이 상황을 어떻게 인식하는지조차 분명하게 알지 못할 수도 있다.

한 가지 예를 들어보자. 나와 나의 연인, 그리고 연인의 직장 상사와 저녁 식사를 함께했다고 해보자. 이때 문제는 연인이 내가 대화를 주도하며 자신이 상사와 이야기할 기회를 빼앗았다고 생각하는 것이다. 반면 내 입장에서는 그저 연인의 상사에게 좋은 인상을 주려고 노력했을 뿐이다. 그 불편한 모임에는 애초에 가고 싶지도 않았다. 하지만 연인은 내가 선을 넘어 본인을 창피하게 만들었다고 생각하는 듯하다.

그러나 사실 연인의 진짜 걱정은 상사가 자신을 자기주장이 부족한 사람이라고 생각하는 것이다. 유쾌하고 재치 넘치는 나와 비교당하여 볼품없어 보이고 싶지 않은 것이 그의 솔직한 심경이다. 나와 연인은 이 일로 크게 싸움을 벌이지만, 정작 문제의 본질은 논의하지 않을 것이다. 왜 기분이 상했는지 진정한 이유를 솔직하게 밝힐 수가 없기 때문이다.

자, 이제 현실의 우리를 생각해보자. 어쩌면 우리도 많은 경우 기분이 상한 진정한 이유를 스스로 깨닫지 못할지도 모른다.

⚡ 인물은 어떤 부분에서 본질적인 문제가 아니라 표면적인 문제만
을 제기하는가?

⚡ 갈등을 벌이는 당사자들은 서로가 진정한 문제를 논쟁하고 있지
않다는 사실을 알고 있는가?

감정 자제하기
→ 감정 폭발시키기

갈등은 전염력이 있어서 감기나 들불처럼 퍼져나간다. 목소리를 높이면 상대도 목소리를 높이고, 욕설을 퍼부으며 선을 넘으면 상대도 그만큼 선을 넘는다. 감정적으로 굴수록 벌컥 화를 내거나 나중에 후회할 말을 내뱉기 쉽다. 우리는 상대와 똑같은 수준으로 맞대응하려는 경향이 있기 때문에 한 사람이 화를 낼수록 상대도 마찬가지로 그만큼 화를 내기 마련이다.

그렇기 때문에 현실의 갈등에서는 가능한 한 평정을 잃지 않아야 한다고 충고한다. 내 마음이 안정되어야 상대가 하는 말을 제대로 귀담아들을 수 있고, 사태가 불필요하게 악화될 가능성을 낮출 수 있다.

하지만 작품을 쓸 때만큼은 걷잡을 수 없을 정도로 사태를 악화시킬 기회를 노려야 한다. 인물이 상대의 말에 귀를 기울이고 그 말을 곰곰이 생각해보도록 놔두지 말자. 서로 동의하지 못하는 어떤 문제가 발발하는 순간, 제대로 논의하기도 전에 벌컥 화부터 내게 만들어보자. 이제 인물은 귀를 기울이는 대신 어떻게 말을 받아쳐야 할지만 생각하고 있으므로 상대가 말하고자 하는 바를 오해할 가능성이 높다. 보통 갈등은 한 번에 한 단계씩 커지기 마련이지만, 감정적으로 굴수록 그 속도는 점점 빨라진다.

어느 특정 인물에게는 감정의 단계를 0에서 100으로 폭주하게 만드는 기폭제가 있을지도 모른다. 이때 기폭제는 어떤 문제일 수도 있고 특정 말이나 주제일 수도 있으며, 과거 경험에서 온 무언가일 수도 있고 상처받기 쉬운 상태로 만드는 무언가일 수도 있다. 예를 들어 "너 지금 네 엄마처럼 굴고 있어"라는 말을 들었을 때, 누구는 어깨를 으쓱하고 넘겨버려도 어떤 사람은 그 즉시 소리를 질러댈 수도 있다.

옛 연인과 싸웠을 때의 일이 떠오른다. 내가 기분이 상한 이유를 설명하려고 애쓰는 동안 그는 나를 빤히 쳐다보더니 말했다. "이 문제만 나오면 정말 열을 내네." 그 말을 듣는 순간, 머리 뚜껑이 열리는 기분이었다. 얼마나 화가 치솟았던지 머리가 한 바퀴 돌아간 느낌에 그를 물어뜯고 싶은 충동이 치밀었을 정도다.

만약 인물의 배경 이야기를 파악하고 있다면 인물이 어떤 문제를 특히 속상해하는지 자연스레 알게 된다. 이를 바탕으로 가장 취약한 부분을 공략한다면 인물의 머리 뚜껑이 열리게 만들 수 있을 것이다.

한편 논쟁이 가열되는 사태를 두고 인물마다 반응 방식이 다를 수 있다는 점을 명심하자. 보통은 갈등이 격렬해지는 정도에 따라 강하게 맞대응하는 것이 일반적이지만, 갈등 상황을 극히 싫어하거나 과거에 학대를 경험한 사람은 상황이 격하게 돌아가는 순간 재빨리 항복을 선언하고 물러날지도 모른다.

하지만 그렇다고 갈등 상황이 해결된 것은 아니다. 실제로 항복을 선언한 사람의 마음속에는 분노와 원한이 부글거리며 남아 있을 수도 있기 때문이다. 그리고 그 감정은 언제, 어디선가는 분명 튀어나오게 될 것이다.

⚡ 인물이 감정을 통제하지 못할 때 어떤 일이 벌어지는가? 벌어질 수 있는 상황의 목록을 작성해보자.

⚡ 인물의 자제심을 무너뜨릴 기폭제가 있다면 무엇인가?

⚡ 인물은 상대의 자제심을 무너뜨릴 만한 기폭제가 무엇인지 알고
있는가? 일부러 그 기폭 장치의 단추를 누르는 상황을 만들기도
하는가?

비난 피하기
→ 비난 쏟아내기

인간은 천성적으로 자신이 주인공이라 생각하도록 타고났기 때문에 매번 자신의 행동을 정당화할 방법을 찾으려 한다. 거짓말을 할 때도 합당한 이유가 있기 마련이다. 그렇게 태어났기 때문에 사람은 누구나 비난을 받는 순간 반사적으로 방어적인 반응을 보인다. 무조건 상대가 하는 말이 완전히 틀렸고, 얼마나 틀렸는지 믿을 수 없을 정도라며 항변하고 나서는 것이다.

바로 이런 이유 때문에 나는 갈등 해결 방법을 강의할 때면 '나' 화법을 사용하고, '항상'이나 '절대' 같은 극단적인 표현은 피하라 권한다. 상대가 "넌 맨날 나를 방해만 하잖아!"라고 말하는 순간, 우리는 기억 속에서 함께했던 모든 시간을 떠올리며 상대를 방해하지 않았던 순간을 찾아낼 것이다. 그때는 이미 상대가 하고 있는 다른 말들은 귀에 들어오지도 않고 인정하고 싶지도 않다. '매번' 그러지 않았다는 사실을 입증하고 싶은 욕망으로 머릿속이 꽉 차 있기 때문이다.

반면 작품을 쓸 때는 정반대 규칙을 따라야 한다. 인물은 '나' 화법보다 '너' 화법을 사용하며 '항상' '절대' 같은 극단적인 표현을 던져야 한다. 이런 행동을 하면 즉각적으로 상대의 화를 돋울 수 있다. 만약 독자가 비난당하는 인물과 자신을 동일시한다면 이런 말에 한층 몰입하게 된다. 흠칫 굳어진 채 '저기, 그 말은 너무하잖아. 그 정도는 아니었다고!'라 생각하게 되는 것이다.

⚡ 인물은 상대의 어떤 행동을 비난하는가?

_____

_____

_____

_____

_____

⚡ 인물은 어떤 비난을 받았을 때 가장 상처받는가?

_____

_____

_____

_____

_____

선을 넘지 않는 말
→ 선을 넘는 말

'우리는 항상 사랑하는 사람을 상처 입힌다'는 말을 들어본 적 있을 것이다. 어째서일까? 상대와 가까울수록 어디에 칼을 꽂아 넣어야 하는지 잘 알게 되는 법이다. 어떻게 하면 화나게 만들 수 있을지 알고 있으며, 일부러 상처 주는 말을 할 때도 있다. 민감한 부분을 건드려도 될 만큼 관계가 충분히 안전하다고 생각해서 그런 걸 수도 있고, 상대가 나를 얼마나 사랑하는지 시험해보고 싶어서일 수도 있다.

하지만 어떤 말들은 절대 다시 주워 담을 수 없다. 그런 말들은 일단 입 밖으로 나오고 나면 마치 거실 한복판에 놓인 김이 모락모락 피어오르는 똥 무더기 같은 존재가 되고 만다. 거실을 깨끗하게 치우고 방향제를 뿌릴 수는 있겠지만, 그곳에서는 여전히 악취가 풍길 것이다.

어떤 이가 상대에게 이런 말을 던졌다고 해보자. "내가 바람 피운 상대가 잠자리에서 너보다 훨씬 낫더라." 말한 당사자가 몇 번이고 사과를 하더라도 상대는 결코 그 말을 잊지 못할 것이다. "네가 무슨 짓을 했는지 네 부모님이 아신다면 정말 부끄러워하실 거야"같은 말도 마찬가지다. 이런 말은 상대의 마음속에 고통과 분노의 조각이 되어 박히기 십상이다.

그렇다. 선을 넘는다는 것은 상대의 가장 취약한 부분을 건드린다는 뜻이다. 누구에게나 스스로 보호하기 어려운 취약점이 있다. 우리가 선을 넘는 이유는 상대에게 진심으로 상처를 입히고 싶기 때문이다.

　이야기 속 누군가가 선을 넘게 만든다면 갈등을 한층 심화시킬 수 있을 뿐만 아니라, 상대 인물이 어떤 부분에 가장 취약한지도 보여줄 수 있다. 만약 주인공이 선을 넘은 당사자라면 그 행동을 통해 성격을 보여줄 수도 있다. 독자는 이런 짓을 하는 인물을 대체로 좋아하지 않으며, 적어도 상대에게 상처 준 일을 후회하기 바랄 것이다. 어쩌면 이토록 비열한 짓거리를 할 수 있는 인물의 능력에 감탄할지도 모른다.

⚡ 인물은 어떤 말에 가장 깊이 상처받는가?

_____

_____

_____

_____

_____

⚡ 인물은 상대에게 상처가 될 만한 어떤 말을 할 수 있는가?

_____

_____

_____

_____

_____

_____

⚡ 선을 넘는 비열한 짓을 할 때 인물은 자신의 행동에 대해 어떻게 생각하는가? 자랑스러워하는가, 죄책감을 느끼는가?

_____

_____

_____

_____

_____

⚡ 작품을 전체적으로 살펴보며 '이건 정말 선을 넘었지'라고 생각할 만한 부분이 어디인지 확인하고, 이를 강화할 수 있는지 생각해보자.

_____

_____

_____

_____

_____

_____

과거 묻어두기
→ 과거 사건 소환하기

현실에서라면 과거에 해결된 문제를 계속해서 현재에 끌어들이면 안 되지만, 작품을 쓸 때는 얘기가 달라진다. 갈등이 벌어지는 상황에서 과거를 소환하면서 흥미로운 배경 이야기를 풀어놓을 최적의 기회로 삼을 수 있기 때문이다. 과거에 해결된 갈등의 잔해들, 인물에 대한 정보들을 독자가 살펴볼 수 있도록 끄집어내서 페이지 위에 풀어놓아보자.

현실에서는 과거 일을 자꾸 다시 꺼낸다면 상대가 앞으로 나아가지 못하게 막는 꼴이 되지만, 작품에서는 과거의 일을 끄집어내는 것이 현재 상황을 한층 강조하고 전후 사정을 설명하는 계기가 된다. 그러면 독자는 인물이 어떤 행동 양식을 가지고 있는지, 과거에 두 사람 사이에 무슨 일이 있었는지 알게 된다. 또 인물의 동기나 현재 벌어지는 사건과 관련되어 있을지도 모를 과거의 일면을 새롭게 발견할 수도 있다.

예를 들어 십 대 자녀가 부모에게 화내는 장면을 쓰는 중이라고 해보자. 자녀는 부모가 자기에게 신경을 쓴 적이 한 번도 없다고 주장하며(이럴 때는 '한 번도' 같은 말을 넣어 극적으로 강조하는 편이 좋다), 자신을 데리러 오지 않아 학교에서 몇 시간이나 혼자 기다린 지난 일을 끄집어낸다. 이 사건은 다음과 같은 이유로 현재와 관련이 있을 수 있다.

＊ 아이는 모종의 이유로 부모에게 버림받는 상황에 예민하

게 반응한다.

* 부모가 아이를 방임한 과거가 있다.
* 한부모 가정을 이끄는 엄마 혹은 아빠는 평소 자신이 책임을 다하지 못할 때가 많았다는 사실에 죄책감을 느낀다.
* 사실 부모는 전직 스파이였기 때문에 학교에 데리러 가지 못했다. 위장 신분이 탄로 날까 봐 두려워하던 부모는 곧이어 추격에 휘말리며 극적 전개가 뒤따른다.

⚡ 싸움 중 과거사를 끌어들인다면 인물의 배경 이야기를 흥미로운
방식으로 전달할 수 있다. 작품 속에 녹이고 싶은 정보가 무더기
로 있다면, 갈등 장면에서 누군가 이 정보를 폭로하는 방식을 사
용할 수 있는가?

_____

_____

_____

_____

⚡ 인물이 말다툼을 할 때 가장 꺼내고 싶지 않은 이야기는 무엇인
가? 그 이야기를 어떻게든 꺼내볼 방도가 있는가?

_____

_____

_____

_____

_____

편 가르지 않기
→ 다른 사람 끌어들이기

갈등 해결 방법을 주제로 강의를 할 무렵, 나는 자기주장의 정당함을 입증하기 위해 자기편을 모으지 않는 것이 중요하다고 강조했다. 다른 사람이 내 말과 행동을 지지한다는 사실을 보여주면 기분이 좋아질 수는 있다. 물론 내 편을 들어주는 사람이 있다는 건 좋은 일이지만, 상대방 입장에서는 집단으로 자신을 공격한다는 기분이 들 수 있다. 게다가 같은 편이라고 믿었던 사람이 예상치 못하게 자신과 반대편에 선다면 굉장히 큰 상처를 받을 것이다.

하지만 작품을 쓸 때면 다른 인물을 싸움에 끌어들여 다음과 같은 여러 가지 목적을 달성할 수 있다.

* 신뢰하던 사람이 배신하는 듯한 모습을 보여주며 감정적 위험 부담을 높인다.
* 해결해야 하는 문제가 커진다. 이제 한 사람이 아닌, 한 집단을 상대해야 한다.
* 특정 갈등을 둘러싸고 어떤 식으로 편이 갈리는지 보여준다.

⚡ 논쟁을 벌일 때, 인물이 자기편을 들어주기 바라는 상대는 누구
인가?

_____

_____

_____

_____

_____

212

⚡ 자신의 의견에 반대할까 봐 인물이 가장 걱정하는 사람은 누구
인가?

_____

_____

_____

_____

_____

서로 이기는 상황 만들기
→ 누군가는 지는 상황 만들기

현실에서는 갈등을 해결할 때 양쪽의 공통점을 찾아보라고 권한다. 그러면 서로가 이득을 보는 해결책을 도출할 수 있기 때문이다. 하지만 작품을 쓸 때는 공통점보다는 차이점에 초점을 맞추는 것이 좋다. 특히 이 싸움에서 물러나면 무언가를 잃게 될 것이라 생각하는 상황이라면, 인물은 타협하기보다는 어떻게든 이기기 위해 싸울 것이다.

싸움의 결과로 잃거나 얻을 것이 많으면 많을수록, 그것이 중요한 의미를 지닐수록, 인물은 무언가를 얻거나 잃지 않기 위해 끝장을 볼 때까지 싸울 것이다. 이 말은 곧 작가가 어떤 역경을 던져준다 한들 끝까지 그 역경을 헤쳐나간다는 뜻이다. 실제로 작가는 인물에게 엄청나게 많은 고난과 역경을 던져줄 것이다. 그렇지 않은가?

이처럼 싸움의 승패에 무엇이 걸려 있는가는 굉장히 중요한 문제이기에 다음 장에서는 이 주제를 구체적으로 다뤄볼 것이다. 바로 위험 부담이다.

⚡ 인물이 어떤 갈등에서 패배한다면 무엇을 잃게 되는가? 이 승부
에는 무엇이 걸려 있는가?

11장

죽느냐 사느냐,
인물을 극으로 내모는 승부

양측이 모두 이길 수 있는 갈등이 있는 한편, 어느 한쪽이 이기
거나 질 수밖에 없는 갈등도 있다. 이런 갈등이 벌어지면 한쪽
은 승리를 거두어 추구하던 결과를 쟁취할 테지만, 다른 한쪽
은 원하는 바를 이루지 못하고 패배할 수밖에 없다.

　이때 갈등은 누가 승리를 거두는지의 문제로 귀결된다. 이
말은 곧 각각의 인물이 무언가를 잃을 위험을 감수해야 한다는
뜻이다. 갈등에서 패배한 인물은 원하는 바를 얻지 못하거나
무언가를 잃게 된다. 이것이 바로 위험 부담이다.

생명이 걸린 위험

생사가 걸린 위험은 상상하기 가장 쉬운 위험 부담이다. 시간

이 얼마 남지 않은, 지금 숨 쉬는 동안에도 째깍째깍 초침이 돌아가는 시한폭탄을 생각해보자. 어떻게 해체하는지 아무도 알아내지 못한다면 폭탄은 곧 터져버릴 것이고, 인물들은 죽음을 맞이할 것이다. 주인공뿐만 아니라 그 장면에 함께 있는 다른 사람들도, 어쩌면 사랑하는 연인과 개까지도 모두 죽고 말 것이다. 만약 파국으로 치닫는 이야기를 쓰고 있다면 행성 전체가 파괴될 수도 있다. 이왕 시작한 김에 스케일을 넓혀 우주 전체를 파괴해버리는 것도 나쁘지 않을 것이다. 작가는 그저 더 큰 폭탄을 만들기만 하면 된다.

생사가 걸린 갈등이라면 인물은 반드시 승리해야 한다. 그렇지 않으면 광선 검에 맞아 몸이 반쪽이 나든지, 용에게 먹히든지, 불에 타든지, 좀비에게 먹히든지, 얼어 죽든지, 우주 미아가 되든지, 뭐가 되었든 완전한 끝장을 맞이하게 될 것이다.

생사가 걸린 위험은 독자가 비교적 쉽게 이해할 수 있는 위험이다. 누군가의 목숨이 경각에 달려 있기에 긴장감이 피어오르고, 심장박동이 빨라지고, 근육이 죄어들고, 뱃속에서는 짙은 공포심이 스멀스멀 피어오를 것이다. 여기서 가장 중요한 건 무슨 일이 벌어질지 확인하고 싶고, 긴장감을 완화하고 싶은 마음에 독자가 미친 듯한 기세로 책장을 넘길 거라는 것이다.

승패에 목숨이 걸린 상황은 인물이 살아남기 위해 무슨 짓이든 할 수 있다는 뜻이다. 생존 본능은 강력한 욕망이다. 나는 벌레와 거미를 질색하는데(아주 절제한 표현이다), 겨우 유리컵에 가둬놓은 거미를 다른 사람이 우리 집까지 와 치워줄 때까지 몇 시간 동안이나 자동차에 앉아 기다린 적도 있을 정도다. 그 거미는 기이할 만큼 거대했는데, 아무리 생각해도 방사선 물질에 노출된 듯싶다.

밖에 나와 있던 이유는 유리컵에 갇힌 거미와 한 집에 있고 싶지 않았기 때문이다. 혹시라도 거미가 탈출하려다 컵을 뒤집고 나왔을 때 그 옆에 있고 싶지 않았다. 하지만 이런 어마어마한 공포증이 있음에도 누군가 나에게 몸 위로 거미가 기어가는 동안 자리에 가만히 누워 있지 않을 시 총을 쏘겠다고 말한다면, 나는 바로 그 자리에 누워 시체처럼 꼼짝도 하지 않을 것이다. 계속 살고 싶기 때문이다.

물론 거미가 엄청나게 싫으므로 최선을 다해 어떻게든 다른 방도가 없는지 찾겠지만, 끝내 선택지가 총을 맞는 것과 다리 여덟 개 달린 지옥의 생물과 마주하는 것으로 좁혀진다면 나는 거미를 선택할 것이다. 심각한 외상 후 스트레스 장애에 시달리고 남은 생애 내내 악몽에 시달리는 한이 있더라도 그럴 것이다. 생존 본능은 이렇게 강하다.

삶과 죽음이 오가는 궁지에 몰렸을 때 인물이 어떤 행동까지 할 수 있는지 지켜보는 일은 아주 흥미롭다. 나라면 거미를 상대하는 일 정도는 해낼 수 있지만, 다른 누군가의 목숨을 빼앗을 수 있을지는… 잘 모르겠다. 내가 목숨을 건지기 위해 다른 사람의 목숨을 빼앗는 일까지 저지를 수 있는 사람이라고는 생각하고 싶지 않다. 소설을 쓸 때 많이 고민되던 지점 중 하나도 바로 어떤 인물의 위험 부담이 충분히 클 때, 다른 사람을 살인할 계획을 실행할 수 있을지에 대한 여부였다.

『헝거 게임』속 주인공 캣니스는 시합에서 살아남거나 죽을 수밖에 없는 상황에 처한다. 살아남는 방법은 오직 경쟁 상대의 목숨을 빼앗는 것뿐이다. 하지만 이야기가 진행되는 동안 캣니스는 여러 일들을 겪으며 변화한다. 초반에 캣니스의 목표는 단순히 목숨을 부지하는 것이었지만, 절정 장면에 이를 즈음에 그는 근본적인 '정의'에 관심을 갖게 된다.

그러다 결말의 반전에 이르러 정부가 캣니스에게 피타를 죽이거나 피타의 손에 죽거나 둘 중에 하나를 선택해야 한다고 말하자, 캣니스는 결연한 태도를 취한다. 캣니스와 피타는 다른 선택의 여지가 없다면 서로에게 상처를 입힐 바에 차라리 함께 목숨을 끊자는 협정에 동의한다. 그 순간 두 사람은 자신이 중요하다고 생각하는 대의를 위해서라면 기꺼이 목숨마저 내놓는 혁명가가 된다.

전쟁을 다룬 수많은 이야기에도 자기희생의 요소가 포함되어 있다. 가령 군인은 목숨이 걸린 전투에 나선다. 당연히 승리하여 목숨을 부지하고 싶겠지만, 아군의 더 큰 목표를 달성하기 위해서라면 기꺼이 위험 상황에 목숨을 내걸 것이다(이를테면 기관총이 있는 포탑을 향해 곧장 달려나가는 식으로). 우주 전투기 조종사라면 전우들의 목숨을 구하기 위해 다른 우주선을 향해 전투기를 돌진할 것이고, 많은 경찰과 소방관도 대의를 위해서라면 목숨을 내걸 것이다.

목숨이 걸린 것만
같은 상황

"내가 쓰는 이야기에 목숨이 오가는 갈등 같은 건 없단 말이
야!"라며 실망에 가득 차 키보드를 냅다 던져버리지 말고 잠시
기다려보자. 뛰어난 갈등을 조성하기 위해 반드시 좀비, 다스
베이더, 소시오패스 같은 존재를 등장시켜야 하는 것은 아니
다. 생사의 문제와 전혀 관련 없는 갈등이 등장하는 작품도 많
다. 그러나 이야기에 꼭 목숨이 오가는 위험이 등장할 필요는
없더라도, 인물만큼은 그 상황에 목숨이 걸려 있는 것처럼 느
껴야 한다.

　나는 인생에서 많은 것을 원한다. 그중 사랑해 마지않는 것
은 예쁜 신발이다(이 또한 아주 절제해 표현하자면 그렇다). 하지
만 원하는 신발을 구하지 못한다고 목숨을 잃을 거라 생각하지
는 않는다. 무척 마음에 드는 신발을 찾았는데 가격표에 700만
원이라고 적혀 있다면, 조심스럽게 진열장에 다시 내려놓고는
(어쩌면 내려놓기 전에 살짝 입을 맞출지도 모르지만) 자리를 떠날
것이다. 신발을 사기 위해 부업을 하거나 집세를 미루지는 않
을 것이라는 말이다. 또 갑자기 신발을 가방에 쑤셔 넣은 다음,
"절대 날 잡을 수 없을 걸, 이 경찰들아!"라고 외치며 전속력으
로 출구를 향해 뛰어나가며 감옥에 들어갈 위험을 감수하려 들
지도 않을 것이다. 나는 그 신발을 '원할' 뿐이지, 그 신발이 반
드시 '필요'한 것은 아니기 때문이다.

　한편 작품을 쓸 때는 신발을 갖는 것으로 반드시 필요한

플롯을 구성할 수 있다. 긴장되는 발표를 앞둔 인물이 그 신발을 신기만 하면 무한한 자신감이 샘솟아서 발표를 멋지게 완수할 수 있을 것이라며 스스로를 설득한다고 해보자. 그 발표는 중요한 승진을 이끄는 핵심적인 발판이 되어줄 것이고, 승진만 하면 오랫동안 연체된 빚을 다 갚을 수 있을 것이다. 게다가 빚을 제대로 청산만 한다면 마침내 가정을 꾸리는 일에도 관심을 쏟을 수 있을 것이다. 그러면 그때부터 신발을 소유하는 일은 디자인이 예뻐서 사야 한다는 명분을 넘어 훨씬 큰 문제가 된다. 외로움과 후회로 점철된 삶에서 행복한 가정을 꾸리는 삶으로 나아갈 수 있는 열쇠 같은 존재가 되는 것이다.

하지만 부풀려 생각하는 사고방식은 부정적인 방향으로 작용하기도 한다. 나 또한 과거에 예민한 어린이였고, 근심과 걱정이 가장 가까운 친구였다. 성실한 학생으로서 좋은 성적을 유지하고 있었음에도 나는 성적 때문에 큰 스트레스를 받았다. 하루는 엄마가 침대에서 울고 있는 나를 보고, 대체 왜 그렇게 속상한 건지 이유를 말해보라 하길래 나는 곧 시험을 봐야해서 그렇다고 대답했다. 시험을 잘 치르지 못해서 좋은 성적을 얻지 못하면 좋은 대학에 갈 수 없을 것이고, 좋은 대학에 가지 못하면 제대로 된 일자리를 구하지 못할 것이고, 제대로 된 일자리를 구하지 못하면 노숙자가 될지도 모른다고 생각했기 때문이다.

당시의 나는 이 논리가 완벽하고 타당하다 여겼지만, 엄마 입장에서는 아침에 보는 시험과 노숙자 인생이 어떻게 이어지는지 제대로 이해하지 못하는 게 당연했다. 하지만 그때의 나에게는 시험을 잘 치르지 못했을 때 안게 될 위험 부담이 그만큼이나 크게 다가왔다.

사실 인물이 실제로 어떤 위험 부담을 지고 있는지는 그리 중요하지 않다. 중요한 것은 독자가 인물이 왜 특정 위험 부담을 그토록 중요하게 여기는지 그 이유를 이해하는 것이다. 인물은 사활이 걸려 있지 않은 위험 부담에도 나름의 의미를 부여하여 결과에 쉽게 승복할 수 있을지 없을지 판단을 내리기 때문이다.

예를 들어 어떤 인물은 학교 요리 대회에서 우승하지 못한 결과를 자신이 좋은 엄마가 될 수 없다는 뜻으로 받아들일지 모른다. 또 어떤 인물에게는 외계 파충류 종족과 어떻게 협상해야 하는지 알아내지 못한 일이, 절대 사람 구실을 하지 못할 거라던 아빠의 말이 옳았다는 결론으로 이어질 수도 있다.

마음을 건드리는 캐릭터

하지만 아무리 목숨이 오가는 갈등 상황이라 해도 독자가 위험의 결과를 제대로 이해하지 못하거나 공감하지 못한다면, 인물이 처한 위험을 별로 신경 쓰지 않을 수도 있다. 상황도 그저 재밌는 놀이 기구 정도로만 생각할지 모른다. 하지만 작품이 놀이 기구 같아서는 안 되지 않겠는가!

잠시 디즈니 놀이공원의 놀이 기구를 생각해보자. 어린 시절의 내가 몇 번이고 다시 타자고 조른 놀이 기구 중 하나는 '캐리비안의 해적'이었다. 캐리비안의 해적은 만족스러운 절충점이었는데, 중간중간 무서운 순간이 몇 차례 있긴 했지만 '스페이스 마운틴'을 탈 때처럼 토하지는 않았기 때문이다(70년대 후반 무렵 누군가 스페이스 마운틴을 타다 토사물을 뒤집어쓴 적이 있다면 사과한다. 그 범인은 나였을 가능성이 높다).

캐리비안의 해적은 작은 배를 타고 이리저리 구불거리는 물길을 따라 여러 방을 통과하는 놀이 기구로, 타는 동안 이곳저곳에서 해적들이 놀고, 전투를 벌이고, 자기들의 노래를 부르는 광경을 구경하게 된다. 이 놀이 기구의 주제를 가지고 만든 영화가 바로 〈캐리비안의 해적〉이다. 하지만 제작자들은 놀이기구를 영화로 만들기 위해 우선 인물을 창작해야 했다. 그렇게 여기에 잭 스패로우 선장 역의 조니 뎁, 엘리자베스 스완 역의 키라 나이틀리, 윌 터너 역의 올랜도 블룸의 신들린 듯한 연기가 더해진 것이다.

제작진은 배경 이야기와 동기를 창작해 각각의 인물에게 부여했다. 시각적으로 뛰어난 볼거리를 제공했고 오스카상을 받을 만한 연출이었다는 사실에 이의는 없지만, 이 영화가 성공을 거둔 가장 중요한 이유는 관객들이 이야기 속 인물들에게 마음을 쏟았기 때문이다.

영화가 그저 폭탄이 폭발하고, 배가 침몰하고, 멋들어진 칼싸움이 벌어지는 광경을 구경하며 각 장면을 통과하는 놀이 기구 정도에 불과했다면 분명 성공을 거두지 못했을 것이다. 놀이 기구가 재밌는 건 단 몇 분이다. 고작 몇 분 만에 지루해지지는 않지만, 책 한 권을 다 읽을 시간만큼 놀이 기구를 탄다면 분명 지루해질 수밖에 없다.

독자가 이야기에 등장하는 인물들과 감정적으로 연결되지 못하면 인물은 그저 플롯 장치에 그치고 만다. 하지만 대부분의 독자는 인물을 플롯 장치라고도 생각하지 않을 것이다. 그저 인물에게 무슨 일이 일어나는지 아예 신경 쓰지 않게 될지도 모른다.

⚡ 갈등에서 지면 인물은 무엇을 잃을 위험에 처해 있는가?

_____

_____

_____

_____

_____

⚡ 인물에게 기꺼이 목숨을 포기할 만큼 아끼는 대상이 있는가? 혹은 기꺼이 목숨을 희생할 만한 대의가 있는가?

_____

_____

_____

_____

_____

⚡ 목숨이 걸린 상황까지는 아니라면, 인물은 갈등 때문에 잃을지도 모를 무언가에 어떤 의미를 부여하는가? 어떤 의미를 부여하기에 여기에 목숨이 걸린 것처럼 느끼는가?

_____

_____

_____

_____

_____

⚡ 모든 인물의 시점에서 각각 어떤 위험 부담을 안고 있는지 생각해 보자. 적대자에게 제대로 된 동기를 부여한다면 그 동기가 이야기를 끌어나갈 수도 있다.

_____

_____

_____

_____

_____

12장

동기 설정:
인물을 움직이는 근본

동기는 갈등을 이해하기 위한 필수 요소다. 동기가 없는 사람이 갈등을 마주한다면 그 자리에서 바로 포기해버리고 말 것이다. 그쪽이 현명한 판단이기 때문이다. 이를테면 길을 걷고 있는데 거대한 물웅덩이가 있다고 해보자. 그야말로 거대한 웅덩이라 안에 지렁이가 있을 확률도 높고, 밟는다면 신발은 진흙 투성이가 될 것이다(심지어 좋은 신발을 신고 있기까지 하다면…).

만약 지렁이가 우글거리는 거대한 물웅덩이를 마주한다면 아마 나는 빙 둘러 돌아갈 것이다. 웅덩이가 너무 커서 도저히 비껴갈 수 없는 수준이라면 발길을 돌려 집으로 돌아갈 것이다. 산책은 다른 곳에서도 얼마든지 할 수 있지 않은가. 물웅덩이를 텀벙거리며 건너게 만들려면 타당한 이유가 있어야만 한다. 꼭 타야 하는 버스가 정류장에서 막 떠나고 있다면, 개가 목줄이 풀린 채 차가 붐비는 도로를 향해 달려가고 있다면, 아니면 라이언 레이놀즈가 저 앞에서 갓 구운 스니커두들 쿠키를 무료로 나누어주고 있다면….

이처럼 물웅덩이 하나에도 동기가 필요한데, 실제 이야기에서 인물이 갈등과 마주하게 만들기 위해서는 훨씬 큰 동기가 필요할 것이다. 물웅덩이와 지렁이는 그렇다 치자. 좀비는 전혀 다른 차원의 두려움이다. 그렇다면 마음의 상처를 겪은 후에 다시 사랑에 빠지는 일은 또 어떤가?

인물이 안전하다고 생각하는 장소에 발을 내딛게 만들려면 내디딜 수밖에 없는 마땅한 이유를 부여해야 하고, 목표를 향해 나아가다 쓰러졌을 때 다시 일어나서 계속 나아가게 만들려면 한층 훌륭한 이유를 부여해야 한다.

상담가의 지식을 바탕으로 말하자면, 동기는 '밀어내기'와 '당기기' 형태로 나타날 수 있다. 『빠져들 수밖에 없는 캐릭터』에서는 밀어내기와 당기기 동기 개념을 설명하며 고층 건물 꼭대기에 서 있는 사람을 예로 들었다. 이 사람은 과연 100층 높이의 옥상에서 옆 건물 옥상으로 건너뛰려 할까?

파쿠르(맨몸으로 도심이나 자연의 장애물을 자유롭게 넘나드는 수련. 파쿠르 수련자는 건물과 건물 사이를 뛰어넘기도 한다 — 옮긴이)를 수련할 꿈을 품고 있지 않은 이상, 대답은 '아니다'일 것이다. 여기서 밀어내기 동기는 그 사람에게 "지금 당신이 서 있는 건물에 불이 났어요! 살아남고 싶으면 옆 건물로 건너뛰세요!"라 말하는 것이다. 반면 당기기 동기는 "옆 건물 옥상에 뭔가 아주 좋은 것이 있어요!"라 말하는 것이다. 마음대로 가져갈 수 있는 돈더미 같은 것 말이다.

다시 물웅덩이 예로 돌아가보자. 이때 버스를 놓칠 것 같은 상황은 밀어내기 동기고, 꿈에나 나올 법한 라이언 레이놀즈가 쿠키를 나누어 주는 상황은 당기기 동기라 할 수 있다(그리고 나의 과도한 상상력을 보여주는 예다). 작가라면 인물이 왜 목표를 달성하고 싶어 하는지, 왜 장애물이 계속 나타날 때도 끈질기게 나아가려 하는지 그 이유를 알고 있어야 한다. 이 이유가 바로 인물을 움직이는 동기다.

인물을 움직이는 동기는 이야기가 진행됨에 따라 진화하거나 변하기도 한다. 예를 들어 개인적 동기로 어떤 일을 시작했던 인물이 이야기가 진행되며 한층 큰 대의를 추종하게 될 수도 있다. 앞서 언급한 〈스타워즈 에피소드 4—새로운 희망〉이 그러하다.

작품 속 인물 한 솔로는 돈을 두둑이 받는 조건으로 레이아 공주의 구출을 돕기로 결정하지만, 결말에 이르러 데스스타를 파괴하는 작전에 동참한다. 돈을 위해서가 아니라 다른 인물들에게 마음이 기울었기 때문이다. 그렇게 한 솔로는 다른 인물들의 대의에 동조한 끝에 자신의 목숨과 우주선을 위험에 내걸며 반란군의 일원이 된다. 이 행동은 한 솔로의 변화를 보여주며, 이 변화는 〈스타워즈 에피소드 5—제국의 역습〉에서도 계속해서 이어진다.

⚡ 인물을 움직이는 동기가 무엇인지 생각해보자. 그 동기는 어떻게
변화하는가?

_____

_____

_____

_____

_____

_____

⚡ 어떻게 하면 이 동기를 더 중요하게 만들 수 있는가? 이 동기는
밀어내기 동기인가, 당기기 동기인가? 혹은 둘 다인가?

_____

_____

_____

_____

_____

_____

13장

자극과 막장 사이,
적당한 갈등 부여하는 법

230

가끔씩 "지금 쓰는 책에 갈등이 충분한지 어떻게 판단하나요?"라는 질문을 받는데, 참 대답하기 난감한 질문 중 하나다. 갈등은 독자의 마음을 사로잡을 수 있을 정도로 충분해야 한다. 하지만 어느 정도가 충분한지는 이야기의 종류에 따라 크게 달라진다. 국제적 규모의 첩보물과 장애가 있는 자녀를 독립시키는 법을 배워나가는 부모의 이야기는 갈등 수준이 다를 수밖에 없다. 갈등의 종류도 다를 것이다.

어느 지점에서 갈등을 등장시켜야 하는지 이해하는 일도 중요하다. 물론 모든 장면마다 반드시 갈등이 포함되어야 한다고 주장하는 사람도 있다. 나도 이 의견에 동의하는 편이긴 하지만, 강의 중에 이런 주장을 꺼내면 학생들의 머릿속에는 큰 성공을 거둔 작품에서 어떤 갈등도 등장하지 않는 장면이 떠오르는 모양이다. 모든 장면에 갈등이 필요하다고 주장하는 것은 아니지만, 모든 장면마다 갈등을 넣을 수 있을지 시도해본다면 분명 좋은 공부가 될 것이다. 그리고 갈등이 등장하는 장면이 갈등이 없는 장면보다는 많아야 한다.

원고에 갈등이 얼마나 포함되어 있는지 파악할 수 있는 한 가지 방법은 각 장면마다의 목표, 동기, 갈등을 분석해보는 것이다. 이 개념들을 한층 깊이 이해하고 싶다면 데브라 딕슨의 『목표와 동기, 그리고 갈등 Goal, Motivation, and Conflict』을 참고하면 도움이 될 것이다. 지금 쓰고 있는 작품의 각 장면에 등장하는 각각의 인물을 살펴보고 질문을 던져보자. "이 인물은 무엇을 원하는 걸까? 그걸 원하는 이유는 뭘까? 목적을 달성하는 데 어떤 것들이 방해가 될까?"

나는 원고를 쓸 때 구식 방식을 고수하는 탓에 여전히 인덱스카드를 사용하는데, 카드에 각 장면에 대한 다음 항목을 기록해두면 후에 용이하게 활용할 수 있다.

* 장 번호
* 장면에 나오는 인물들
* 장면이 벌어지는 시간과 장소(관계가 있는 경우)
* 장면에서 벌어지는 사건 목록

카드의 가장 위쪽에는 '+'나 '-' 기호를 넣어 이 장면이 긍정적인 분위기로 시작하는지 부정적인 분위기로 시작하는지를 표시한다. 카드 가장 아래쪽에도 마찬가지로 두 기호 중 하나를 넣어 이 장면이 어떻게 끝나는지를 표시한다. 그리고 이

13장 지루와 막장 사이, 적당한 갈등을 부여하는 법

장면의 갈등 정도를 1부터 10까지로 점수를 매겨 작은 원 안에
써둔다. 1은 사소한 갈등이나 귀찮은 장애 정도를, 10은 극도
의 충돌을 의미한다.

그다음 모든 카드를 탁자에 늘어놓거나 코르크판에 꽂아
둔다. 이 작업은 내가 쓰는 이야기를 선형적이고 시각적으로
파악할 수 있게 도와준다. 나는 구식을 좋아하지만 '스크리브
너' 같은 프로그램을 이용해 첨단 과학적이고 고급스러운 방
식으로 작업할 수도 있다. 크리스털 헌트가 『시리즈 작가의 전
략Strategic Series Author』에서 시리즈물과 독립 출판 소설을 쓸 때
정보의 개요를 작성하고 추적하는 데 도움이 될 만한 몇 가지
프로그램을 소개하니 참고하기 바란다.

큰 그림을 보며 내가 찾고자 하는 것은 이야기 전체에 흐르
는 심장박동이다. 과연 이야기의 긴장감과 갈등이 심전도 검사
결과처럼 일정한 리듬에 맞춰 오르내리고 있을까? 인물과 독자
에게 잠시 숨을 돌리고 사건을 숙고한 뒤, 스스로를 추스를 기
회를 주었을까? 그래서 인물과 독자가 다음 장애물을 맞이할
준비를 갖출 수 있을까?

독자의 마음을 사로잡는 것은 바로 이렇게 강해졌다 약해
지고, 올라갔다 내려오는 흐름이다. 이 흐름이 일정한 리듬에
따라 움직일 때, 독자는 다음에 무슨 일이 벌어질지 궁금한 마
음에 계속해서 책장을 넘기게 된다. 예를 들어 가장 좋아하는
향수를 매일같이 뿌리다 보면 더 이상 그 냄새를 잘 맡지 못하
는 순간이 오지만, 좋아하는 향을 몇 가지 마련해두고 가끔씩
바꿔 쓰면 같은 향수 냄새에 코가 마비되는 일 없이 오랫동안

각각의 향을 즐길 수 있다.

갈등도 같은 방식으로 작용한다. 항상 갈등을 똑같은 수준으로 유지하면 독자는 면역이 생겨 매 페이지마다 무언가가 폭발해도 크게 반응하지 않을 것이다. 그리고 얼마 지나지 않아 큰 사건이 벌어져도 눈썹 하나 까딱하지 않게 될 것이다.

하지만 우리가 갈등의 기어를 계속 바꾼다면 독자가 긴장을 늦추지 못하게 만들 수 있다. 그렇다면 과연 어떻게 갈등의 기어를 바꿀 수 있을까? 다음 항목을 살펴보며 내 작품에 적용해보자.

* 심각한 갈등이 지나간 후에는 인물이 그 갈등을 돌이켜 생각하고 숨 돌릴 기회를 마련한다.
* 장면마다 내적 갈등과 외적 갈등을 번갈아 등장시킨다.
* 갈등의 원인을 바꾼다. 예를 들어 A 장면에서 자연환경 때문에 갈등이 벌어졌다면, 다음 장면에서는 악당을 등장시키는 것이다.
* 갈등의 강도는 1부터 10까지 다양하게 설정한다.
* 인물의 갈등 대응 능력을 다양하게 변주한다. 잘 대응할 수도 있고, 완전히 당황해서 무너져버릴 수도 있다.
* 인물이 갈등을 극복하게 만들기도 하고, 좌절시키게 만들기도 한다.

⚡ 갈등의 유형과 강도를 다양하게 변화시켜볼 방법이 있는가?

감사의 말

↯

이 책을 읽고 이야기가 힘을 발휘하기 위해서는 반드시 갈등이 필요하다는 사실을 이해했기를, 인물의 감정을 들쑤시고 갈등을 창작하는 다양한 방법을 배웠기를 바란다. 당신의 작품 속 인물은 지금쯤 곰에게 공격당하고 있을 수도 있고, 좀처럼 없어지지 않을 자기 회의적 성향에 시달릴지도 모른다(두 가지 모두 인물에게 큰 해를 입힐 수 있는 갈등이다). 지금까지 살펴보았듯, 갈등이란 작품을 집필하는 동안 되풀이하며 고심할 수밖에 없는 주제다.

책을 쓰려고 시도해본 사람이라면 누구나 잘 알고 있을 테지만, 한 권을 완성하는 일이란 결코 쉽지 않다. 넷플릭스를 보거나 그저 멍하니 앉아 있는 일 외에도 현실의 생활은 끊임없이 글 쓰는 일을 방해한다. 독자들이 이 책을 읽을 수 있는 이유는 내가 주변에 올바른 사람들을 두었기 때문일 것이다. 어떨 때는 격려를, 어떨 때는 딱 필요한 만큼 엉덩이를 걷어차준 고마운 사람들이다.

우선 창작 아카데미의 모든 이들에게 고맙다는 말을 전하고 싶다. 아카데미의 뛰어난 작가들은 글쓰기 여정을 계속 이어가면서도 서로를 돕는 데 수고를 아끼지 않는다. 나는 그들을 보며 매일매일 영감을 얻는다. 이 책도 수업 시간에 작가들이 던지는 어려운 질문 덕에 탄생할 수 있었다. 덧붙이자면 작가들은 짜증스러운 질문을 계속해대는 재주도 탁월하다. "그래서 책은 도대체 언제 완성돼요?" 그들의 입을 막고 싶다는 마음은 한편으로 마감을 지킬 수 있는 힘이 되어주었다.

동료인 도나 바커와 크리스털 헌트는 항상 함께 일해보고 싶다고 꿈꾸던 부류의 여성이다. 두 사람은 재밌을 뿐만 아니라 배려심 넘치고, 똑똑하고, 전략적이고, 말도 안 되는 일들을 그냥 두고 보지 않는다. 이들 덕에 『몰입할 수밖에 없는 스토리』가 더 나은 책이 될 수 있었다는 사실에는 의심의 여지가 없다.

솔직히 털어놓겠다. 두 사람이 없었다면 나는 아직도 소파에 앉아 넷플릭스를 보면서 "언젠가는 꼭 갈등을 다루는 작법서를 써야지"라는 말만 늘어놓고 있었을 것이다. 시간과 수고를 들여 이 책이 더 좋아질 수 있도록 도와준 시험 독자 엘리사 맥콜, 제니 그레이엄-랭, 브렌다 머피에게도 큰 감사의 마음을 전한다.

전작 『빠져들 수밖에 없는 캐릭터』의 독자들에게도 고마움을 전하고 싶다. 독자들이 더 배우고 싶은 주제를 제안하고, 갈등이라는 주제를 한층 자세히 알고 싶다고 말해준 덕에 이 책의 방향을 잡을 수 있었다. 그들의 제안과 성원에 감사를 표한다.

우리 개들은 존재 자체만으로 내가 혼잣말을 중얼거리며 돌아다니지 않게 해준다. 어떤 문제를 혼자 큰 소리로 떠들며 고민할 때마다 기꺼이 귀를 기울여준 친구들이다(특히 간식을 줄 때마다 그랬다). 덧붙여 개는 매일 산책을 해야 하기 때문에 그 덕에 나도 옷을 제대로 챙겨 입고 집 밖으로 나갈 수 있었다. 따지고 보면 나에게도 좋은 일이었다고 생각한다.

　마지막으로 이 책을 읽고 있는 당신에게 고맙다는 말을 전하고 싶다. 글을 쓴다는 건 외로운 작업이지만, 훗날 누군가가 이 글을 읽게 될 것이라고 생각하면 마음에 큰 위안이 된다. 세상에 너무나도 많은 작법서가 출간되어 있음에도 시간과 수고를 들여 이 책을 읽어주어 감사하다. 여기 담긴 내용들이 당신의 작품을 한 단계 발전시켜주기를 진심으로 빈다.

참고 문헌

⚡

『긍정의 과학 The Science of Positivity : 두뇌 화학물질을 변화시켜 부정적인
　　사고 양식을 끊는 법』, 로레타 그라지아노 브루닝, Adams Media,
　　2016.

『목표와 동기, 그리고 갈등 Goal, Motivation, and Conflict』, 데브라 딕슨, Bell
　　Bridge Books, 2013.

『베스트셀러 소설 쓰기 Writing the Breakout Novel : 문학 에이전트가 말해주는
　　소설을 한 단계 끌어올리기 위한 비법』, 도널드 마스, Writer's Di-
　　gest Books, 2002.

『빠져들 수밖에 없는 캐릭터』, 에일린 쿡, 윌북, 2024.

『소설쓰기의 모든 것 3 : 인물, 감정, 시점』, 낸시 크레스, 다른, 2011.

『시리즈 작가의 전략 Strategic Series Author : 독자와 수입을 동시에 잡는 시리
　　즈를 기획하고, 집필하고, 출간하는 법』, 크리스털 헌트, Creative
　　Academy for Writers, 2019.

『인간의 130가지 감정 표현법』, 안젤라 애커만, 베카 푸글리시, 인피니
　　티북스, 2019.

『팔리는 각본 쓰기 Writing Screenplays that Sell』, 마이클 하우게, Collins Refer-
　　ence, 2011.

지은이

에일린 쿡 Eileen Cook

15권이 넘는 소설을 출간한 작가이자 20년 경력의 전직 상담가. 미시간주립대학교에서 직업 재활 상담으로 석사 학위를 받은 뒤, 오리온헬스 재활 및 평가 센터에서 컨설턴트로 근무했다. 이후로는 소설가로 활동하며 '작가들을 위한 창작 아카데미'를 공동 설립해 작가들의 글쓰기 여정을 돕고 있다. 현재는 작가들이 자신만의 독특한 이야기를 찾을 수 있도록 캐나다의 사이먼프레이저대학교에서 글쓰기에 관한 강연을 진행하는 연사로 활동 중이다.

옮긴이

지여울

한양대학교 토목환경공학과를 졸업하고 토목 설계 회사에서 일하다가 번역의 길로 들어섰다. 사람과 자연에 한 걸음 다가설 수 있는 책을 발굴하고 번역하기를 꿈꾸며 활동하고 있다. 옮긴 책으로는 『가장 오래 살아남은 것들을 향한 탐험』 『탐정이 된 과학자들』 『진리의 발견』 『험담꾼의 죽음』 『넷플릭스처럼 쓴다』 『묘사의 힘』 『시점의 힘』 『첫 문장의 힘』 『디 아더 유』 등이 있다.

창작자를 위한 독자 심리 공략집 ②

몰입할 수밖에 없는 스토리

펴낸날 초판 1쇄 2024년 1월 22일

지은이 에일린 쿡

옮긴이 지여울

펴낸이 이주애, 홍영완

편집장 최혜리

편집1팀 김혜원, 양혜영, 김하영

편집 박효주, 장종철, 한수정, 문주영, 홍은비, 강민우, 이정미, 이소연

디자인 윤소정, 김주연, 기조숙, 박정원, 박소현

마케팅 김태윤

홍보 김민준, 김철, 정혜인, 김준영

해외기획 정미현

경영지원 박소현

펴낸곳 (주)월북 출판등록 제 2006-000017호

주소 10881 경기도 파주시 광인사길 217

전화 031-955-3777 팩스 031-955-3778

홈페이지 willbookspub.com

블로그 blog.naver.com/willbooks 포스트 post.naver.com/willbooks

트위터 @onwillbooks 인스타그램 @willbooks_pub

ISBN 979-11-5581-679-0 (04800)

      979-11-5581-677-6 (세트)